Alexander Kronenheim

Bunker

Die Geschichte einer Kameradschaft

Dies ist die Geschichte vom Schicksal eines Wehrmachtbunkers an der Front und seiner Besatzung, welche unter Führung eines entschlossenen Unteroffiziers tapfer die aussichtlose Stellung verteidigt und dabei um das Überleben kämpft.

Bibliografische Information der Deutschen Nationalbibliothek:
Die Deutsche Nationalbibliothek verzeichnet diese Publikation in der Deutschen Nationalbibliografie; detaillierte bibliografische Daten sind im Internet über http://dnb.dnb.de abrufbar.

Herstellung und Verlag: BoD – Books on Demand, Norderstedt

ISBN: 9783734784842

Kapitelübersicht   *Seite*

1. Kapitel
Bunkerleben

Der Unteroffizier Alois Schmalz stand breitbeinig am Sehschlitz des Betonbunkers und sah sich das Gelände an. Soweit er schauen konnte - Fläche, nichts als Fläche, schnureben wie ein frischgehobeltes Brett und von der Kurzweil eines solchen.

Nur da und dort eine schüchterne Buschinsel, die so verlegen im Raum stand, als wäre sie sich ihres störenden Daseins bewusst.

Noch schleierten letzte Frühnebel um die spärlichen Büsche und schwankten im kaum spürbaren Morgenwind. Schräg pfeilte die Sonne auf das Land und sog die Schatten lautlos ein.

Weit links blitzte es rötlich auf. Erstaunt stellte Alois Schmalz fest, dass der Widerschein von einem roten Dach kam. Im Feldstecher holte er das zum Dach gehörige Haus heran. Es war noch fast ganz erhalten.

Festgelötet hingen die Augen des Unteroffiziers am Feldstecher. Schmalz kam von dem roten Dach nicht los und brummelte halblaut in seinen abenteuerlichen Feldzugsbart, der alle Farbtöne zwischen Schwarz und Grün zeigte.

„Weiß Gott! ... Ein rotes Dach!. .. Wie daheim!"

Langsam sank der Feldstecher aufs Knie. Der Unteroffizier grübelte. Wann hatte er die roten Dächer von Rengersreuth zuletzt gesehen? Gab es Rengersreuth überhaupt noch? Dann musste es wohl im Mond liegen.

Ein wüster Fluch entfuhr ihm. Alois Schmalz kehrte sich vom Sehschlitz ab, stieß nach einer vorbeihuschenden Ratte und beendete sein Grübeln mit dem rätselhaften Ausruf:

„Saustellung!"

Die Stimme, von Haus aus nicht zum Flüstern bestimmt, grollte in dem engen Betonbunker, der, vier Schritt lang, drei breit, in einer zähen Dämmerung lag. Kratzig schallte es nun aus dieser Dämmerung heraus:

„Sehr richtig!... Schließe mich der Meinung mit Vergnügen an..."

Der Gefreite Hiesinger von der Sanität saß in der Dämmerung vor einer Kerze. Er hatte den Waffenrock ausgezogen und untersuchte das Hemd nach unerwünschten Mietern, die keinen Hauszins zahlen. Der Kerzenschein huschte über den nackten Oberkörper und beleuchtete manchmal auch das verkniffene Gesicht Hiesingers. Mit einer Nadel fuhr der Sanitätsgefreite die Nähte von Hemd und Waffenrock nach und zeichnete die Erfolge seiner Jagd mit einem Bleistift Strich für Strich auf die Holzpritsche.

„Nummer 87! . . . Heut bring ich das Hundert noch voll!"

Die Hand streckte sich über die Kerze, und leichtes Bratzeln verriet gleich darauf, dass wieder ein Lausbalg geplatzt war.

„Das Luderzeug frisst mich noch auf . . . Ganz schlimm sind die mit dem Eisernen Kreuz am Buckel... Wer ihnen das bloß verliehen hat?"

Nach dieser Frage an das unbekannte Schicksal erhob sich Hiesinger von der Pritsche, rekelte sich ausgiebig und riss den

7

Mund bis hinter die Ohren auf. Dann - pfoi! pfoi! - spie er in beide Hände und fuhr sich durch das Haar, welches einst auch schon bessere Tage erlebt hatte.

Allmählich hatte sich der Bunker so weit aufgehellt, dass sein Eingeweide wenigstens in Umrissen zu erkennen war. Außer Schmalz und Hiesinger waren noch zwei Mann Besatzung da. Die eine Hälfte davon rollte in diesem Augenblick mit erheblichem Gepolter aus der oberen Holzpritsche, kam auf den Bauch zu liegen und quakte aus dem Halbschlaf wie ein geprellter Frosch.

„Na, Scharf!... Alter Pennbruder! Endlich ausgebolzt! Dich könnten sie auch im Schlaf davontragen ..."

Der Schütze Ernst Scharf blinzelte ziemlich ungut zu Hiesinger auf, rieb die verquollenen Augen und fauchte mit einer lächerlich hohen Katzenstimme los.

„Lass mich zufrieden, Aspirinhengst! ... Dir schlaf ich nichts weg..."

Zwischen zwei Munitionskästen tauchte ein bebrilltes Gesicht auf.

„Ah, unser Bunkerkind!. . . Wohl geruht, Herr Kunstmaler?"

Der Kriegsfreiwillige Kurt Biegler rückte erst die Brille zurecht, ehe er den gesprächigen Hiesinger aus zwei wunderstillen Kinderaugen anblickte. Er hielt so etwas wie ein richtiges Taschentuch in der Hand und guckte suchend im ganzen Bunker umher.

„Spuck in die Luft, Professorchen, und stell dich schnell drunter! Da hast du ein feines Brausebad!... Menschenskind, Waschwasser auch noch! . . . Warum nicht gleich Champagner?"

Unteroffizier Schmalz hieb dem kulturbedürftigen Maler einen gutgemeinten Klaps.

„Unser Wasser ist zum Saufen ... Du wirst noch öfter ungewaschen sein, Biegler... Reib dir dafür tüchtig die Augen aus... Du hast den ersten Posten am Eingang . . . Das du mir keine Studien treibst und die Nase unten lässt!... Der verdammte Flieger sucht seit fünf Tagen nach unsrer Pillenbüchse... Kriegt er uns spitz, dann brauchen wir bald alle kein

Waschwasser und keine Seife mehr. . . Sie funken uns ungewaschen ins Massengrab."

Hiesinger unterstrich jedes Wort dieser Ansprache mit einem Picker seiner spitzigen Nase und rieb dazu eindrucksvoll den Unterleib.

„Kinder, unser Verein wär soweit schön und vollzählig beisammen . . . Bis auf den Bummler Nützel. . . Seit einer Stunde sollte er schon da sein ... Wo bleibt unser Trichterwasser, von dem der Koch behauptet, es wäre Kaffee? . . . Mein Magen macht euch eine Gymnastik... Er kullert mir zwischen den Gedärmen, dass ein Trapezkünstler nichts dagegen ist..."

Vom Hunger reden macht noch hungriger, außer der Magen ist gut gefüllt. Womit gefüllt, ist weniger wichtig als Feinschmecker glauben. Auch Schnaps ist ein Nahrungsmittel, wenn kein besseres zur Hand ist.

Ob der Maschinengewehrschütze Scharf solchen Gedanken nachhing, ist nicht erheblich. Aber er trank dafür sehr erheblich und andächtig aus seiner Feldflasche und drückte zu höherem Genuss die Augen ein, wie es alle gewiegten Kunstkenner tun, denen schöne Musik dann noch einmal so herrlich klingt.

Gutes Beispiel wirkt immer und überall. Gleich hatte jeder seine Flasche beim Wickel und übte es dem Kameraden kameradschaftlich nach. Selbst der Freiwillige Biegler nahm einen Schluck, wenn dieser Schluck auch etwas schämig und nicht ganz kriegsmarschmäßig ausfiel.

„Biegler! Fertigmachen!... Es ist Zeit auf Posten . . . Lass die Blechschüssel da!... Die Feldmütze ist bequemer und außerdem nicht so leicht zu sehen ..."

Vom Sehschlitz her, wo er wieder beobachtete, gab Unteroffizier Schmalz diesen Befehl. Biegler koppelte um und kroch auf allen vieren aus dem Bunker.

Hiesinger redete halblaut auf Scharf ein.

„Und ich sag dir, der Nützel ist in einer Kantine hängengeblieben ... Sonst müsst' er längst da sein..."

Ein Summen, fern und fein noch, begann den Bunker zu füllen. Dieses Summen kam schnell näher und verwandelte sich in wenigen Minuten zu einem wütenden Knattern.

„Der Gustl kommt! . . . Alles in voller Deckung bleiben!. . . Scharf, hol den Biegler rein!..."

Unteroffizier Schmalz bückte sich am Sehschlitz tiefer, um das Flugzeug im Auge zu behalten.

Einer riesige Hummel gleich, kreiste der feindliche Flieger zornigen Gebrumms um den Bunker, kaum zwanzig Meter über dem Boden. Er zog seine Kreise enger und enger. Reißen und Klirren, dass die Zähne aufstanden...

„Der Sauhund schmeißt Bomben ... Aber einmal krieg ich ihn schon vors Korn..."

Unteroffizier Schmalz streichelte den Mantel des Maschinengewehrs und ließ den Lauf prüfend durch den Schlitten gleiten.

Das Brummen der Riesenhummel entfernte sich wieder und wurde einschläferndes Summen.

„In einer Stunde ist er wieder da... Wenn ihm nur der Nützel nicht in den Weg läuft ...! Sie schießen auf jeden einzelnen Mann."

Die Gesichter spannten sich in den Schläfen. Graubraune Furchen wuchsen darin, eingerillt von einem Leben, das nur ein Taumel war zwischen Tod und Tod.

„Soll ihm nicht einer entgegen gehen?... Ich tu's, wenn's keiner tut!"

Schon wollte Hiesinger, gesprächsbereit wie immer, den Mund öffnen. Der Unteroffizier kam ihm diesmal aber zuvor. Er legte dem Schützen Scharf die Hand auf die Schulter.

„Bist ein guter Kerl, Scharf, aber ein großes Rindvieh auch... Entgegen gehen? .. - Damit zwei ins Schlamassel kommen und ich dann dasitze mit dickem Kopf!. .. Außerdem heißt der Befehl: Keine Maus verlässt den Bunker vor der Ablösung! . . . Und nochmals außerdem: das Elf-Uhr-Läuten geht gleich an . . . Du weißt doch, was das heißt. Scharf?"

Wenn der Schütze Scharf sprach, schaute sich jeder unwillkürlich nach der Katze um, die da auf den Schwanz getreten wird. So klang seine Stimme, weshalb Scharf auch jederzeit das Schlafen dem Reden vorzog.

„Das Elf-Uhr-Läuten?... Kenn' ich ganz genau!... Ich bin schon in anderem Dreck gewesen, Korporal..."

„Weiß ich, Scharf! . . . Seid ja dicke Freunde, du und der Nützel!... Also meinetwegen!.. . Weil du ein alter Landser bist! Aber nur bis zum nächsten Trichter, sechzig Meter rechts, und auf Augenverbindung!... Ich nehm' selbst den Grabenposten..."

Der Bunker lag in hellster Vormittagssonne. Doch aus fünf Schritt Nähe war er kaum von seiner Umgebung zu trennen. Der graubraune Betonklotz schmiegte sich einer ebenso graubraunen Erdwelle ein und ragte keinen halben Meter darüber hinaus. Hinter dem Bunker begann ein schmaler Laufgraben, nicht breiter als eines schmächtigen Mannes Schultern. Diesen Graben ging der Schütze Scharf geduckt entlang.

An der angenehm erwärmten Rückwand des Bunkers lehnte der Unteroffizier und winkte

Scharf zu. Scharf bog eben um die Ecke und verschwand im Trichterfeld. Im Eingang des Bunkers, halb drinnen, halb draußen, lag bäuchlings der Sanitätsgefreite Hiesinger. Er sog an einer feuchten Zigarette und spuckte kunstvoll nach den fetten Schmeißfliegen, die schwerfällig surrend um den Bunkereingang schwirrten.

„Wird ein heißer Tag heut noch, Hiesinger . . . Das richtige Wetter für den Gustl!... Heut lässt der uns keine Ruh ... Lang bleibt es aber nicht so . . . Die Sonne zieht zuviel Wasser..."

Im Antworten sonst nie verlegen, verschlug es Hiesinger nun schon zum zweiten Mal seit einer Stunde das Wort.

Das feine Summen, eigentlich seit dem ersten Auftauchen des Fliegers nie völlig verstummt, schwoll an und kam rasend schnell näher. Es kam diesmal von der andern Seite.

Aus dem Trichter rechts fuhr ein Arm hoch, und Schmalz, der in die Richtung des Arms spähte, sah eine einsame, graue Gestalt durch das Trichterfeld hüpfen. Gleich war die Gestalt auch wieder verschwunden. Hinterdrein kläffte bösartig ein Maschinengewehr. Atemlos bog der Schütze Scharf um die Ecke des Laufgrabens.

„Es ist der Nützel . . . Der Gustl ist hinter ihm her . . . Der Nützel hat den ganzen Fraß für uns dabei..."

Schneller fährt kein Kaninchen zu Bau als der Sanitätsgefreite in den Bunker zurück. Der Unteroffizier Schmalz klopfte erst noch die Pfeife aus.

Wieder kläffte das Maschinengewehr los.

Der Schütze Scharf war mit einem Satz beim Sehschlitz und wollte das eigene Maschinengewehr in Stellung zerren.

„Mensch, bist du verrückt? ... Der Bunker darf nicht verraten werden..."

Scharf stutzte.

„Aber der Nützel?... Soll er hin sein und unser Fraß mit?..."

Draußen klackerte es höhnisch. Die Hetze von Trichter zu Trichter war weiter im Gang.

„'raus aus dem Bunker!... Wir besetzen den Laufgraben...

Am Knie vor dem Trichter, vierzig Meter nach rechts, Stellung! . . . Scharf ans Gewehr! . . . Biegler nimmt einen Munitionskasten .."

Den Stahlhelm noch in der Hand, kroch der Unteroffizier zuerst hinaus, hinter ihm der Schütze Scharf mit dem aufgebuckelten Maschinengewehr, und zuletzt Biegler, der den Munitionskasten an sich presste, als ginge er damit tanzen.

Gebückt rannten die drei Leute durch den schmalen Schlauch. An der Knickung warf sich der Unteroffizier hin und winkte Scharf an seine Seite.

Knapp dreihundert Meter vor ihnen, aber noch keine zwanzig Meter über ihnen, kurvte der Flieger, ein Habicht, der noch nicht recht entschlossen ist, von welcher Seite er auf das verdatterte Opfer stoßen muss.

Scharf hatte das Maschinengewehr in Stellung gebracht. Der Unteroffizier saß dahinter, Finger an der Auslösung, den Stahlhelm halb im Genick.

„Wenn der Sauhund bloß einmal wenden möchte ...! Ich bekomm' ihn nicht richtig herein ... Ah! Endlich!..."

Das Maschinengewehr bellte los.

Mit einem Satz, wie um ein Hindernis zu nehmen, stellte sich das Flugzeug fast senkrecht, schwankte unsicher und strich dann scharf rechts ab.

Zweimal, dreimal blitzte es von der Unterseite des Flugzeuges hell auf.

„Jetzt 'rein in den Bunker!... Der Gustl gibt Zeichen ... In fünf Minuten haben wir ihre Koffer auf dem Hals..."

Über das Feld rannte der Essenholer Nützel, zwei Feldkessel in jeder Hand und einen am Leibgurt befestigt. Der Schweiß lief in Strömen von seinem Gesicht.

Ein rascher Griff - der Schütze Scharf hatte zwei Feldkessel an sich gerissen und kroch im Laufgraben rückwärts, so schnell es gehen wollte.

Weit drüben murrte es dumpf auf. Ein fast gemütliches Orgeln kam durch die Luft, das bald in ein unheimliches Schleifen überging, und hart am Trichter, hundert Meter links seitwärts, wuchs plötzlich ein grauweißer Qualmbaum aus der Erde.

„Volle Deckung und zurück! ... Ich bleib' am Gewehr..."

Der Unteroffizier am Schwanz, begannen sie zu krebsen. Es waren nur fünfzig Meter bis zum Bunker, aber drinnen keuchte jeder von der Anstrengung und japste nach Luft.

Draußen hatte die tägliche Beschießung eingesetzt.

„Uff! . . . Das war eine Jagd! . . . Mir bleibt jetzt noch der Adam weg ... Na, du hast es ihm aber versalzen, Korporal... Zunächst geht der Gustl mal in Reparatur... Wenn er will, kann er von mir aus auch ganz abtrudeln..."

Der Soldat Nützel war ein untersetzter Pumpenstock. In dem derben, durch männliche Schönheit weiter nicht verunzierten Gesicht zwinkerten fröhliche Schweinsaugen. Eine Dreckschicht von halber Fingerdicke überzog gleichmäßig die ganze Gestalt von den Stiefelsohlen bis zu den Haarwurzeln.

„Verdammtundeins!.. . Um ein Haar hätt' es diesmal bei mir Zwölf geschlagen ... Der Bruder hat mich bös herumgehetzt... 'rein in den Trichter!... 'raus aus dem Trichter!... Es ist ja ganz schön weich drin .. . Bloß der Dreck . . . Und erst der Geruch ... Pfui Teufel!..."

Der Rockärmel wischte durch das Gesicht und richtete eine erbauliche Malerei aus Staub und Schweiß an.

„Bist halt wieder mal nicht aus der Kantine gekommen, altes Bierfass!..."

Von seinem Freund Scharf ließ sich sonst Nützel viel sagen; nun fuhr er aber doch auf.

„Kantine?... Hat sich was!... Die faule Gulaschreiterei war wieder zu spät angerückt. . . Um sieben Uhr sollte ausgegeben werden... Halb neun Uhr schlug ich Krach und kriegte dann endlich den Fraß... Damit es ganz schief geht, muss ich auch noch dem Gustl in die Quere laufen . . . Mein Lieber! . . . Für die Tour hab' ich wenigstens vierzehn Tage Urlaub verdient... Jetzt stellst du dich daher und plauderst dumm ..."

Weitere Aussprache schnitt der Sanitäter ab.

„Hört auf mit dem Quatsch!... Ich hab' Kohldampf..."

Hunger hatten sie alle und wendeten sich darum einträchtig den Feldkesseln zu.

In diesem denkwürdigen Augenblick offenbarten sich wieder einmal die Wege Gottes. Sie sind so wunderbar und unerforschlich wie die Wege einer Geschoßbahn.

Als Hiesinger seinen Feldkessel vom Boden lüpfte, fand er ihn verdächtig leicht. Misstrauisch hob er den Feldkessel in Augenhöhe, streckte ihn dann starr in die Waagerechte und stieß einen tragischen Schrei aus.

„Leer!... Prost Mahlzeit!... Und auch noch glatt durchschossen!... Saubere Schweinerei!..."

Der Feldkessel hatte tatsächlich einen gezirkelten Bauchschuss abgekriegt.

„Der Schuss müsste dem Gustl im Benzinkasten sitzen, aber nicht in meinem Feldkessel... So ein schönes Möbel, wie das war!.. .Zwei Jahr schlepp' ich den Kessel schon mit... Was hab' ich daraus allein schon in Rumänien gefuttert!... Huhn in Nudeln ist entschieden besser als Dörrgemüse ... Was soll ein Soldat ohne Feldkessel anfangen?... Eine Saustellung!... Du hast vorhin das richtige Wort gefunden, Korporal..."

Diese Klage über den zerschossenen Feldkessel wäre bei Hiesingers bewährtem Zungenschlag wahrscheinlich noch länger und herzzerreißender geworden. Der Unteroffizier stoppte das Lamento:

„Feldkessel hin, Feldkessel her!... Es ist nun schon nicht anders . . . Für uns fünfe reicht's . . . Geh her und halt mit!"

Die fünf hockten, Feldkessel zwischen den Beinen, nebeneinander auf dem Boden und löffelten eine erkaltete, graugrüne Masse.

„Jeden zweiten Tag Drahtverhau!... Und wegen dem Fraß wär' ich heut bald den Heldentod gestorben!..."

Unmutig stocherte Nützel in dem Dörrgemüse, häufte einen Löffel voll und wollte die Ladung in den Mund schieben.

22

„Nanu!... Hobelspäne? ... Wo wächst denn so ein Kraut?"

Die Entdeckung ging reihum und wurde allgemein begutachtet. Es war ein nicht zu kleiner und nicht zu dünner Hobelspan.

„Das ist weiter nicht schlimm ... Ich sag' mir immer beim Futtern: Klappe auf und Augen zu! ... So geht's am besten . . . Bei unserer Feldküche haben sie einmal einen ganzen Sack mitgekocht . . . Gemerkt hat es keiner, und der Küchenunteroffizier auch erst, als der Sack gefressen war . . . Wenn's keine andern Brocken zu verdauen gab'!...

Die weitherzige Anschauung des Sanitäters leitete ein Gespräch über das Essen im allgemeinen und über die militärische Verpflegung im Besonderen ein.

„Ich find' es nicht recht, dass es zweierlei Verpflegung gibt: für Offiziere und für Mannschaften!...Da hab' ich mir mal einen Vers abgeschrieben... Er war unserm Häuptling auf den Unterstand gemalt..."

Schütze Scharf kramte umständlich im Waffenrock und förderte schließlich ein zweifelhaft sauberes Notizbuch an den nicht übermäßig hellen Tag des Bunkers.

„Hierherum muss er stehen... Hat ihm schon...! Also, dem Häuptling war auf den Unterstand gemalt:

Es wäre alles besser,
gäb's eine Sorte Esser.
So aber ist es mau
bei nichts als Drahtverhau.

Der hat's ihm gut gegeben... Wie?..."
Auch Nützel hatte ein Büchlein zur Hand und blätterte eifrig darin.

„So ähnlich hab' ich mir auch einen Vers notiert... Hört mal her!

Wir essen mit dem Messer.
Die Herren essen besser.
Uns wär' es auch nicht bang
vor einem dritten Gang.

Wort für Wort unterschreib' ich das.". Immer lebhafter wurde das Gespräch. Viele Lobsprüche fielen dabei nicht.

Draußen hielt die Kanonade an. In regelmäßigem Abstand keilten die Aufschläge um den Bunker. Doch kam kein Schuss in bedenkliche Nähe.

„Bis jetzt haben sie uns nicht gefunden... Ein Glück, dass wir mitten unter den Trichtern liegen!... Da können sie von mir aus bis zum Friedensschluss hineinknallen... Wer ist am Posten? Scharf?... Nützel löst ab... Alles bleibt beim alten..."

Der Unteroffizier warf sich der Länge lang auf die Pritsche. Biegler hatte sich an den Sehschlitz gesetzt und strichelte eifervoll an einer Bleistiftskizze.

Nützel und der Sanitäter steckten die Köpfe zusammen. Die Feldflasche ging von Mund zu Mund, und in das regelmäßige Schnauben und Schnarchen des Unteroffiziers mischte sich bald halblauter Zwiegesang. Sie hatten sich geeinigt und sangen gefühlvoll den Lieblingsschlager des Sanitäters.

Trink mehr noch ein Tröpfchen,
trink mehr noch ein Tröpfchen
aus dem kleinen Henkeltöpfchen.
Oh, Susanna, wie ist das Leben schön!

2. Kapitel
Wetter in der Nacht, aber Glück muss sein.

Gegen Abend flaute die Beschießung ab. Nur vereinzelt fauchten noch Granaten herüber.
Der wolkenlose Tag ging in ein Dämmern ein, das heiß und unbewegt über dem Land lag, Trichter und Mulden waren mit ersten Schatten angefüllt. Die verstreuten Buschinseln streckten ihr schütteres Gezweig reglos nach allen Seiten und blieben kläglich verloren in der öden Weite des Geländes.
Ganz von Finsternis überflutet lag der Bunker. Die Luft im Bunker war von Rauch und Dünsten zum Schneiden dick und presste schwer auf Herz und Lungen.
„Es liegt was in der Luft, Hiesinger... Es ist nicht sauber... Wir kennen doch die Zeichen... Sie haben den Tag über wenig geschossen... Wenn bloß ein tüchtiger Regen kommen würde..."
Der Unteroffizier nestelte den Kragen auf.

„Sei so gut, Korporal!... Regen auch noch!... Ich will in diesem Affenstall von Beton nicht ersaufen..."

Schmalz knuffte den Sanitäter in die Seite.

„Du willst es dir vielleicht aussuchen?... Erstickt oder ersoffen!... Es läuft auf eins hinaus... Aber das mit dem Regen hat seinen guten Grund... Warum haben sie heut so wenig geschossen?... He!... Weil sie ihre Batterien vorziehen!... Das tun sie immer nach zwei solchen Tagen... Die Trichter sind fast bis auf den Grund trocken... Ein tüchtiger Guss, und sie sind wieder randvoll... Dann ist es aber auch Essig mit dem Stellungswechsel der Artillerie, und wir haben unsre Ruh'... So ein Regen hat schon Hunderten das Leben gerettet..."

Drei Kerzen opferten sich in dem aussichtslosen Bemühen, Licht zu spenden. Auf halbe Armlänge bereits erlahmte ihre Kraft.

Doch war immerhin der Schütze Scharf zu erkennen. Er lag bäuchlings auf der Pritsche und gab ein wunderliches Konzert zum

Besten, wobei er leider auch rückwärtige Töne ausstieß, die manchmal eine Kerze ins Flackern brachten.

„Schau dir den Scharf an!... Ist der Kerl umzubringen? Seit Anfang im Feld... viermal verwundet... und immer wieder an der Front!... Ein Jahr kenn' ich ihn jetzt bei unserm Scharfschützentrupp... Ein ausgezeichneter Beobachter und Richtschütze!... Ich kann's auch nicht besser... Freilich eine Kratzbürste...! Wer ihm hinten mit Ehrenbezeigung und Exerzieren kommt, hat nichts zu lachen... Ist ja auch ein Blödsinn bei einem Soldaten wie dem Scharf..."

Der Schläfer röchelte und sprach halblaut mit sich selbst.

„Grabt doch schneller!... Ich ersticke ja sonst... Au! Au!... Nicht so ziehen!... Mein Arm!... Befehl, Herr Leutnant!..."

Das übrige Traumgespräch ging in unverständlichem Murmeln unter.

„Er war schon mal verschüttet... An der Somme!... Sowas geht einem lange nach..."

Die Augen des Sanitäters forschten unsicher im Gesicht des Unteroffiziers und irrten durch den ganzen Bunker.

„Eigentlich sitzen wir da in der schönsten Mausefalle, Korporal .... Wenn uns eine richtige Kiste aufs Dach fällt, brauchen sie uns nicht mehr begraben..."

Schmalz rieb die Backenflächen. Das knisterte wie ein kleines Feuerwerk.

„Wozu dran denken?... Noch achtundvierzig Stunden bis zur Ablösung... Eh' du dich besinnst, ist die Zeit 'rum..."

Durch den Eingang schlüpfte Nützel.

Der Unteroffizier sah scharf auf ihn hin.

„Was los?... Neues vom Posten?...

Nützel kratzte sich hinter den Ohren.

„Genaues kann ich nicht sagen, Korporal... Bei dem Trichter herum, wo ich heut mittags Blut geschwitzt hab', kommt es mir verdächtig vor... Es hat geklappert... Einen Schatten hab' ich auch gesehen... Ist denn eine Patrouille von uns draußen?..."

Die Stirn des Bunkerführers warf Falten.

„Eine Patrouille von uns?... Mir nichts bekannt... In der Richtung liegt doch die Befehlsstelle des Kampfabschnitts?... Wahrscheinlich also Meldegänger!... Für alle Fälle wollen wir aber der Geschichte nachgehen... Nützel bleibt auf Posten am Eingang ... Biegler kommt mit mir!... Häng zwei Knallpillen an!... Man kann nie wissen..."

Blauschwarze Nacht stand um den Bunker, nicht zu dunkel, doch von einer Stille, dass alles Blut zum Herzen drang. Eine einsame Grille zirpte kummerlos und machte durch ihr Gefiedel die Stille noch drückender.

Vorn am Knick des Laufgrabens lagen Schmalz und Biegler platt am Boden.

Leises Reiben von Metall auf Metall, dann eine unterdrückte Stimme:

„Wo steckt das blöde MG-Nest nur?... Nach der Karte müssten wir hierherum mit der Nase drauf stoßen... Das sind dir so Aufträge, Kamerad!... Recht lang stolpre ich aber nicht mehr in der Nacht 'rum... Das sag' ich dir!..."

Die zwei Befehlsgänger erschreckten sich nicht schlecht, als es keine drei Meter rechts vorwärts zwar nur geflüstert, doch scharf und deutlich aus der Dunkelheit klang:

„Parole!..."

Zwei Augenblicke genügten, die Begegnung in lauter Wohlgefallen aufzulösen.

Nützel hatte schon richtig beobachtet. Freilich konnte er nicht wissen, woher die Nachtwandler im Trichterfeld kamen und mit welchem Auftrag.

Diesen Auftrag hielt der Unteroffizier eben hart an das uruhig flackernde Kerzenlicht. Da stand, mit der Maschine geschrien und auf einem Vervielfältiger abgezogen:

An die Gruppenführer des Kampfabschnitts!

Höchste Bereitschaft von 9.30 abends an. Feindlicher Angriff ist in Vorbereitung. Leuchtposten verdoppeln.

Anforderung von Sperrfeuer nur in den dringendsten Notfällen.

Die Stellungen sind nur auf ausdrücklichen und schriftlichen Befehl zu räumen.

An dem Rande war mit Rotstift vermerkt:

Sonderauftrag für Bunker 17!

Bunker 17 liegt an wichtiger Stelle. Ist bis auf die letzte Patrone zu halten. Feuerausnahme nur gegen Massenziele nach vorwärts und halblinks.

Achtung! Achtung!

Im Vorfeld des Bunkers 17 eigene Offizierspatrouille! Leutnant Söbel und sechs Mann.

Rückkehr dieser Patrouille zwischen 12.30 und 2 Uhr morgens. Befehl ist nach Kenntnisnahme sogleich zu vernichten.

Bedächtig griff Schmalz zwischen die mittleren Knöpfe seines Waffenrocks und zerrte eine vorsintflutliche Uhr hervor. Der Zeiger stand genau auf 10 abends.

Die andern drängten sich erwartungsvoll um die Kerze. Nützel und der Gefreite hatten über die Schulter des Unteroffiziers weg den Befehl mitgelesen und schauten sich bedeutsam an.

„Aha!... Ehrenvoller Auftrag!... Wer braucht da hinten bloß wieder das E. K. I ?... Na na!... Auf dich geht das nicht, Korporal... Du hast es ja schon..."

Schmalz sah dem Gefreiten fest in die Augen. Es lag eine ruhige Drohung in diesem Blick.

Während der Unteroffizier den Befehl an die Kerze hielt, bis er in schwarzgraue Asche zerstäubt war, gab er bereits seine Anordnungen.

„Es ist nun nicht anders... So oder so: wir wissen, woran wir sind... Der Bunker wird gehalten... Ich hab' noch jede Arbeit so gut gemacht, wie ich es konnte... Und hoff', ihr denkt nicht anders... Scharf und Biegler nehmen den ersten Posten. Nützel und ich lösen ab... Leuchtpistolen brauchen wir nicht... Wir liegen zweihundert Meter vor der ersten Stellung... Geschossen wird nur nach vorwärts und halblinks und nur auf Massenziele... Was rechts oder hinter uns los ist, geht uns nichts an..." Schneckenhaft krochen die zwei nächsten Stunden vorbei. Schmalz, Hiesinger und Nützel saßen auf dem unteren Holzgestell, qualmten um die Wette und verdickten die ohnehin zum Schneiden schwere Luft noch mehr.

Träge schleppte sich die Unterhaltung von einem Wort zum anderen.

„Der Schwindel dauert noch zehn Jahre", behauptete Nützel und stopfte die Stummelpfeife mit einem unmöglichen Kraut. Es duftete nach Waldbrand.

„Sei so gut!" warf der Sanitäter ein. „Bis dahin kriechen wir auf allen vieren, wenn wir überhaupt noch kriechen können... Jedes Ding hat einen Zipfel, wo es aufhört... Bloß die Wurst hat zwei... Menschenskind!... In zehn Jahren tret' ich ja auf meinen Vollbart... Er wächst mir jetzt schon bei den Ohren heraus."

Hiesinger übertrieb gewaltig. Sein Bartwuchs war das einzige an ihm, was für schüchtern gelten durfte. Zunächst sprossten seine Haare nach einem geheimnisvollen Plan: sehr dicht neben beiden Ohren, ganz und gar nicht unter der Nase und sonst willkürlich bald da ein Büschel, bald dort einer. Der Mann sah aus, als hätte er ein paar zerrissene Fußlappen, die höchst reinigungsbedürftig waren, um die Ohren gehängt.

Da hatte Nützel entschieden mehr Berufung zum Vollbart. Ohne jeden Übergang setzte sich sein Kopfhaar im Gesicht fort und überwucherte moosartig jeden für Haarwuchs geeigneten Fleck. Dass Nützels Stupsnase aus diesem Dickicht noch herausragte, war fast ein Kunststück.

Gar nicht erst von Schmalz zu reden! Er hatte den richtigen Grabenbart, ein Gewirr von Haaren, das verrostetem Stacheldraht ähnelte und sich kreuz und quer durchs Gesicht zog.

Nach einem Blick auf die bewusste Uhr nickte der Unteroffizier Nützel zu.

„Zeit zum Ablösen, Nützel!..."

Hintereinander schlüpften sie aus dem Bunker, Schmalz voraus.

Ein halbblaues Flüstern mit Scharf, der nichts von Belang zu melden hatte, dann lehnte sich der Unteroffizier an die Betonwand und wies Nützel zehn Schritte aufwärts in den Laufgraben.

Die Nacht war schwarz wie Tinte geworden. Kein Stern glänzte am Himmel. Von Westen blies stoßweise ein heftiger Wind und ballte tiefgraue Wolken.

Drei Schritte vor den Augen war das Trichterfeld bereits zugemauert. Selten stieg eine Leuchtkugel hoch. Alle drei Minuten deutete aber von hinten ein fahler, gespenstischer Finger ins Gelände. Der Scheinwerfer kreiste ruhelos. Ganz rechts blitzte Mündungsfeuer. Es waren immer nur wenige Schüsse, deren Einschlag unsichtbar blieb.

Die erste Stunde nach Mitternacht braute das Gewitter zusammen.

Im Westwind klang tiefes Aufseufzen, und die ersten Donner rollten heran.

Das Vorfeld wurde lebendig.

Langsam stieg aus der unbekannten Raumtiefe eine Leuchtkugel, entfaltete, nicht zu bestimmen, in welcher Höhe und Entfernung, ihre glänzend weiße Lichtglocke und riss eine grelle Lücke in die Finsternis.

Eine zweite, dritte, vierte Lichtglocke blühte auf. Jetzt spuckte in jäher Wut eine rote Rakete zum Nachthimmel und entfesselte ein wüstes Gellen und Krachen, übertönt von einem fernen Gurgeln und Heulen. Zwischenhinein klopfte herzbeklemmend Maschinengewehrfeuer, und das scharfe Reißen von Handgranaten drang aufreizend durch allen Lärm.

Als wollte er dem Ausbruch des künstlichen Gewitters zuvorkommen, mischte sich nun auch der Himmel in den Tumult. Blitze zuckten, Donner hallten endlos nach, und ein Regen rauschte herab, nicht in Tropfen, nicht in Schnüren, in ganzen Wolken, die erst dicht am Boden auseinanderspritzten.

Beide Gewitter vermengten sich. In hellem Aufruhr brodelte die bisher so stille Nacht.

Hart an die Bunkerwand geschmiegt, spähte der Unteroffizier nach vorn. Der Regenschwall klatschte auf den Stahlhelm und rann feuchtwarm in den Nacken.

Schmalz beachtete es nicht weiter. Nach der stickigen Hitze des Tages war dieser himmlische Guss eine Wohltat.

Unvermindert tobten die Gewitter oben und unten fort und verstärkten sich mit jeder Minute.

Oben war der Himmel eine einzige Lohe. Das Blitzen und Krachen unten schwoll nach der Breite und Tiefe. Dutzende von Leuchtkugeln segelten hoch und lockten immer neue Abschüsse aus der Dunkelheit. Nicht ein schmaler Streifen mehr, die ganze Front von einem Ende zum andern war aufgeflammt und spie Blut und Brand aus.

Der gröbste Segen flog nach rückwärts. Vor dem Bunker - waren es zehn Meter oder hundert? - zogen Grabenmörser, leichte und mittlere Feldgeschütze einen feurigen Strich. Durch das schrille Reißen der Handgranaten tackten mörderisch eintönig Maschinengewehre.

Der Unteroffizier strengte die Augen an, dass sie schmerzten. Doch diese Wand von

Finsternis und Regenschauern durchdrang kein menschlicher Blick.

„Sieht nach einer gewaltsamen Erkundung aus!" brummelte der Unteroffizier in den Bart.

Jetzt erwachte auch die eigene Front.

Eine weiße Leuchtkugel vereinigte sich mit einer zweiten zu einem Doppelkegel von grellem Licht. Dieser Kegel stand sekundenlang über dem Bunker und warf seinen Schein ins Trichterfeld. Umrisse schwankten in diesem Schein. Nicht länger, als zu einem Augenöffnen nötig ist, löste sich ein Arm aus der strömenden Dunkelheit. Dieser Arm war im Schwung nach vorn. Platzen einer Handgranate kuschte auf.

Eigene Artillerie setzte mit Feuer ein. Ihre Granaten rauschten heran, so kurz gehalten, dass die Erde um den Bunker bebte.

Durch den Regen stolperte Nützel aus dem Laufgraben, über und über verdreckt, halblaut vor sich hinfluchend.

„Schafszipfel, die... funken in unsern Laufgraben..."

Er würgte und spie aus vor Wut.

„Setzen mir einen Kübel - ich glaub, ein Einundzwanziger war's! - vor die Nase... Der Laufgraben ist auf gut fünf Meter eingesackt... Halten kann sich da drüben kein Schwanz..."

Nützel deutete nach rechts. Dort war ganz dicke Luft. In Lagen zu vier und acht hämmerten die Geschosse aus jeden Fuß breit Boden und malmten ihn zu Staub.

Aus dem Bunkereingang kroch Scharf.

„Eure Zeltdecken, Korporal!... Nützen zwar auch nicht bei dem Guss!... Herrgott!... Eine Saustellung!..."

Der Unteroffizier schüttelte sich, dass im Regen noch ein Regen entstand.

„Sauber von dir. Scharf!... Denkst doch an alles... Die Zeltdecke nützt freilich nichts... Der Regen aber auch nicht... Er kommt vierundzwanzig Stunden zu spät..."

Scharf kroch vollends aus dem Bunker.

„Hübsch dicke Luft!... Und wie sie böllern!..."

Er blinzelte zu Nützel aus, der noch immer halbblau, deswegen aber doch heillos fluchte.

„Was denn, Scheps?..."

Scheps war der Spitzname Nützels und sollte einen Menschen bezeichnen, der etwas verdreht ist. Nun war Nützel durchaus nicht verdreht. Mit einer Ausnahme: Er steckte voll Aberglauben und hielt es zum Beispiel für ausgemacht, ihn könnte nur ein Geschoß treffen, das genau um Mitternacht gefüllt worden ist.

Ob nun Glaube oder Aberglaube: Die Menschen sind alle empfindlich, wenn dieser Punkt berührt wird.

Zu den zarten Seelen gehörte Nützel ohnehin nicht, und grobe Menschen sind zur nachtschlafenden Zeit meist noch gröber.

„Scheps sagt er zu mir!... Scheps!... Gleich hau ich dir eine hin, dass du verschütt gehst, Affenpintscher, blöder!..."

Auf den Mund gefallen war nun Scharf auch nicht. Ein Kosewort gab das andere, und aus vollem Gemüt krähten sich die beiden Streithähne an.

„Hö... hö...l Haltet bloß das Maul alle zwei!..." besänftigte der Unteroffizier. Er hatte sich in die Zeltdecke gepackt, schnaubte ärgerlich unter dem Stahlhelm vor und drückte den klatschnassen Backenbart aus wie einen Schwamm.

„Schaut einer die Hammel an!... Stehen nachts um halb zwei im Gelände herum, bei dem Regen auch noch, und werfen sich ihre Geburtsfehler vor!... Dabei haut die eigene Artillerie den Laufgraben in Klump..."

Das Feuer dauerte und stieg immer noch an. Zwei Maschinengewehre spuckten und stotterten besonders eifrig, mit dem Erfolg, dass die deutsche Artillerie endlich aufmerksam wurde. Schon die nächste Lage wumpte hundert Meter weiter vorn ein und schien zu sitzen, weil die Maschinengewehre jäh verstummt waren.

Schmalz brummte zufrieden.

„Die hat's erwischt!... Sind scheint's hinten aufgewacht, die verschlafenen Brüder, und schauen unsern Laufgraben nicht für den Drahtverhau der anderen an..."

Ein greller Blitz flammte über den Himmel, und hinterdrein polterte ein Donner, dass einen Herzschlag lang jeder andere Lärm in diesem Donner unterging. Dazu kübelte es aus den Wolken, was diese nur herzugeben hatten.

Dieser letzte Ausbruch erschöpfte aber auch die Kraft des Gewitters. Blitz und Donner entfernten sich rasch, nur der Regen rann und rann, wenn er auch etwas in der Dichte nachließ.

„Still!... Horcht mal!... Da kommt doch wer?..." Angespannt horchten die drei Leute in die Nacht.

„Das wird unsere Patrouille sein... Sie ist auf dem Heimweg...

Deutlich klang jetzt das Getrappel von Füßen, dazwischen auch leises Klappern von Metallzeug.

„Sie kommen zu weit links ab", wisperte der Unteroffizier und war mit einem Satz aus dem Graben.

Das abziehende Gewitter nahm auch die tintendicke Finsternis mit sich. Die Nacht war heller geworden. Die Wolken lockerten auf und gaben da und dort dem Blick einen Stern frei.

Noch stand Schmalz nicht fest auf den Beinen, da barst zwanzig Schritte vor ihm der Boden. Einmal und noch einmal!

Eine Riesenfaust wischte den Mann aus dem Trichterfeld und stürzte ihn rücklings in den Laufgraben.

Was war das?

Hatte er sich verdoppelt und lag auf sich selber?

Entsetzlicher Druck schnürte den Atem ab.

Der Unteroffizier spannte die Schultern und schnellte den Oberkörper vor.

Dann quoll helles Lachen in ihm auf und platzte los.

Der Luftdruck einer schweren Granate hatte ihn rücklings in den Graben geschleudert und auf ihn einen Mann der Patrouille Göbel. Diesen sonderbaren Alb hörte er jetzt neben sich lästerlich schimpfen.

„Verdammter Schwindel!... Sauwetter, mistiges!... Nimm bloß deine Trittlinge zu dir, Mensch!... Du zertrampelst mir ja die ganze Visage..."

Schmalz war mit einem Ruck hoch.

„Macht Beine, Kinder!... Rein in den Bunker!... Sie kommen uns sonst auf den Pelz..."

Dreißig Meter rechts fuhr eine Granate in den Laufgraben.

Im Bunker klopfte Scharf dem Zuwachs derb, aber freundschaftlich die Schultern.

„So einen Dusel, Mensch!... Ein Achtundzwanziger wenigstens, und nicht einmal den kleinsten Heimatschuss!... Die Kartoffeln möcht ich auch essen, die du baust... Da muss was dran sein..."

Der auf diese Art willkommene Mann knurrte nur eine kurze Einladung, die im Volk stets ergeht und niemals befolgt wird, schneuzte sich die Nase und guckte vorwurfsvoll zu Schmalz hin. Die Nase blutete und hatte mit dem übrigen Gesicht ein paar Tritte abgekriegt.

Der Unteroffizier hielt seine Großvateruhr über die Kerze und stierte tiefsinnig auf das Zifferblatt.

Es zeigte 2.10 morgens.

3. Kapitel
„Patrouillengehen, das brauchest du ja nicht..."
Rettung in der Nacht

Der Infanterist Schramm von der Offizierspatrouille Göbel erzählte:

„Abgelöst sollten wir um vier Uhr werden... Ja, Kuchen!... Wir verhocken also auch den sechsten Tag im Unterstand... Schlimm war es ja weiter nicht... Bis auf die Läuse und das andre Viehzeug... Gestern beim Dunkelwerden rennt auf einmal der Vize durch die Stellung und plärrt auch nach mir... Ich hör meinen Namen nicht gern laut... Schon gar nicht von unsrem Vize... Da kommt meistens nichts Gescheites dabei 'raus... .Schrei zu!'... denk ich und muckse nicht... Aber was kommen soll, kommt... Plumps! hat er mich geschnappt, und in Nullkommanichts hatte ich meinen ehrenvollen Auftrag weg... Mit Leutnant Göbel auf Erkundung!... Na ja, denk ich, so'n Nachtspaziergang hat auch seine Reize...

Wer Glück hat, bricht den Finger beim Nasenbohren..."

Der Erzähler tat einen kräftigen Lungenzug aus der Zigarette und tupfte behutsam die geschundene Nase ab.

„Punkt zehn Uhr sind wir losgezottelt, der Leutnant und sechs Mann... Nach fünf Minuten haben wir schon alle geschwitzt wie die Klammeraffen... Die Nacht war ein Backofen, von allen Seiten kräftig geheizt... Mal vorwärts, mal zurück, mal nach rechts, mal nach links sind wir in der Gegend herumgekrochen, die Nase am Boden... Taler haben wir aber keine gefunden... Dafür endlich ein dreifaches Drahtverhau... Wir bleiben davor liegen und glotzen uns die Augen aus dem Kopf... Ich lieg neben dem Leutnant... Er pufft mich in die Seite und macht eine Bewegung nach rechts... So zwanzig Meter haben wir uns hinübergeschlängelt... Und hatten es getroffen!... Die Gasse im Drahtverhau nämlich!... .Steckste mal die Nase tiefer rein', denk ich und schieb den Bauch drei Schritt vorwärts... Da geht's los!... Aber wie!... Unser Vize sagt in solchen Fällen immer: ‚Es ist eine Situation'... Recht hat er, der Mann... Ganz lateinisch bin ich mir vorgekommen... Ich hab' schon in manchem Schlamassel gesteckt... Aber alles, was recht ist: Wenn sie dich schon von drei Seiten befunken, braucht dir nicht auch noch einer von oben das Wasser kübelweis in den Halskragen schütten, dass es bei den Stiefeln wieder 'rausläuft..."

Bei dieser Anmerkung hielt es der Sanitätsgefreite für passend, seine Meinung zu verlautbaren.

„Wegen dem bissel Regen!... Du bist wohl ein recht trockener Bruder?..."

Schramm, ein stämmiger Krauskopf, in den Dreißigern, sah nicht aus wie einer, der sich die Butter vom Brot nehmen lässt. Er drehte den Kopf langsam nach dem Sanitäter und musterte den Zwischenredner von oben bis unten. Wobei er sofort feststellen konnte, dass Hiesinger keinen feuchten Faden am Leibe hatte!

„Trocken, sagt er!... Kunststück, wenn man im Unterstand bolzt und die andern draußen Patrouille schieben lässt!... Quatsch nicht, Pflasterkasten!... Du musst erst hinriechen, wo ich..."

Es war nicht etwa gute Lebensart, wenn Schramm den Satz unvollendet abbrach. Wie in einem Hirn die Gedanken entstehen und vergehen, ist noch nicht recht aufgeklärt. Schramm kehrte sich von dem Sanitäter ab, untersuchte aufs neue die verschwollene Nase und setzte seinen Bericht fort.

„Donnerwetter!... Das Wichtigste hätt ich jetzt bald vergessen... Der Leutnant liegt noch vorn.. Es hat ihn erwischt... Wie und wo?... Keine Ahnung!... Aber dass er noch vorn liegt, weiß ich... Seit drei Monaten ist der Leutnant Göbel mein Zugführer... So ein Kleiner, Blasser!... Er ist auch bloß in dem Betrieb angelernt wie wir alle... Ein Reserveschwanz, ein Stoppelhopser!... Übrigens einer, mit dem sich ackern lässt!... Drückt sich nicht und frisst der Mannschaft nichts weg... Ich werde ihn holen müssen..."

Draußen krachte es munter fort. Zwar schwieg der Himmel. Er hatte den Wettkampf im Krachmachen satt und überließ Arbeit und Ehre den Geschützen, die auch für drei ausgewachsene Gewitter spektakelten. Nützel war bisher schweigend auf einer Munitionskiste gesessen. Jetzt stand er auf und trat näher zu Schramm.

„Du willst den Leutnant holen?... Ich mach mit... Durchgeweicht bin ich ohnehin schon bis auf die Eintrittsmarke ins Massengrab ... Und mehr als rostig kann der Mensch nicht werden..."

Hier mischte sich Hiesinger ein. Der Sanitätsgefreite konnte keinem Gespräch zwei Minuten zuhören, ohne sich einzumischen.

„Was?!... Ein Verwundeter soll geholt werden?... Ohne mich?... Für was bin ich denn dann überhaupt da?... Schießen - das ist eure Sache... Aber einen holen, den es erwischt hat, das geht zunächst einmal mich an... Der Schlosser macht doch auch keine Schusterarbeit... Und was schon der Nützel von der Sanitäterei versteht!... Mein Feldkessel versteht mehr und ist jetzt auch hin..."

Dieser unvermutete, auch gar nicht zu erwartende Gedankensprung zum Feldkessel verblüffte allgemein. Nur Nützel spürte den Stich und muckte auf.

„Die ganze Zeit gackert er von seinem Scheißkessel...Ich bin froh, dass sein Fresskübel das Loch im Bauch hat und nicht ich... Wenn ich mit hinaus will, den Leutnant holen, so schert das den Aspirinhengst gar nichts..."

Die zwei Streithälse funkelten sich herausfordernd an. Unteroffizier Schmalz winkte ab.

„Natürlich schauen wir nach den Kameraden... Es können ja mehr sein außer dem Leutnant... Wie es gehandhabt wird, bestimme ich... Hiesinger hat in dieser Sache die meiste Erfahrung ... Er führt also... Schramm kennt den Platz, wo der Leutnant liegt... Er geht mit Hiesinger vor... Ich schätze, dass die Stelle so hundertfünfzig

Meter vor uns liegt mit einer ganz kleinen Abweichung nach halbrechts..."

Zu dieser Schätzung des Unteroffiziers nickte Schramm lebhaft. „Nützel hält Verbindung zu euch zweien... Er weiß ja noch von gestern mittag her Bescheid in dem Trichter... Ich lege mich in den nächsten Trichter, vierzig Meter vor dem Graben... Scharf bleibt Posten am Bunker und passt auf wie ein Schießhund... Das Gewehr hält das Maul... Nur wenn sie uns über den Hals kommen, wird gefeuert... Dann aber, was das Zeug hält!... Biegler ist am Essenholen... Wo steckt denn das Bunkerkind?..." „Hier, Herr Unteroffizier!..."

Zwischen Scharf und Nützel streckte sich das übernächtigte Gesicht des Freiwilligen durch. Die bebrillten Märchenaugen zwinkerten verschlafen.

„Menschenskind, es ist drei Uhr!... Mach dich schleunigst auf die Socken und schau, dass du wenigstens einen Feldkessel voll Futter durchbringst!... Wenn es zwei werden, kannst du mich duzen... Bringst du aber alle, dann ist dir eine lobende Erwähnung im Armeebefehl sicher... Na los!... Schwirr ab, Professor!..."

Biegler schwirrte nicht, aber er schob ab, alle vorhandenen Feldkessel schleppend und mit einem Schock guter Wünsche bepackt...

Essenholer!...

In der ungeheuren Maschinerie des Krieges ein Rädchen nur, aber nehmt es heraus, und der Betrieb stockt! Ein Amt, mehr vom Grabendreck denn vom Heldenruhm verziert, wehrloses Dulden und doch größeres Opfer als jeder Sturm auf jede Stellung !

Nach dem Abzug des Freiwilligen wiederholte Schmalz die getroffenen Anordnungen.

„Länger als zwei Stunden darf die Geschichte nicht dauern... Es ist jetzt nach dem Gewitter zwar mit starkem Frühnebel zu rechnen... Wer weiß aber, wie weit weg von der Stellung Leutnant Göbel liegt?... Ich meine, von der Stellung drüben... Na, denn los!..."

Der Sanitätsgefreite knüpfte aus Zeltschnüren eine Leine und schlang sie nebst zwei breiten Gurtbändern um den Leib. Vorher prüfte er erst die Festigkeit der Leine.

Vom Regen schwammig aufgeweicht, in zahllose Pfützen und Rinnsale verteilt, lag das Trichterfeld schmutzig grau unter dem Nachthimmel. Der Boden gehrte und roch nach ranzigem Fett.

Infanterist Schramm von der zersprengten Patrouille musste einen ausgeprägten Ortssinn haben. Erst lief er fünfzig Schritte gebückt, schlängelte sich dann über eine niedrige Mulde, rannte wieder los und landete in einem mittleren Sprengtrichter, dessen südwärts gekehrten Rand er auf Händen und Knien erkroch. Immer den Sanitäter im Schlepptau, der jede Bewegung gewandt mitmachte und dem Schramm jetzt flüsternd zukeuchte: „Wir sind richtig... Zwanzig Meter vor uns ist der Drahtverhau..."

Sie drückten sich eng an den Boden und verschnauften. Als die Luft wieder beruhigt aus den Lungen kam, nestelte Hiesinger die Leine los.

„Pass Obacht, Kamerad!... Ich binde mir diese Schnur um den Arm... Du hältst das andre Ende fest... Hoffentlich ist die Strippe

55

lang genug... Wenn nicht, schadet es auch nicht viel... Zieh ich einmal an, heißt das: Ich sehe den Leutnant... Zweimal bedeutet: Ich bin bei ihm... Dreimal: Ich hab ihn hoch und komm zurück... begriffen?... Du ruckst von Zeit zu Zeit... Dann weiß ich, das, die Richtung eingehalten ist..."

Schramm brummte sein Verständnis.

„Abgemacht, Schnaps!... Ich wär am liebsten selber raus. Aber ich fass ihn vielleicht doch verkehrt an... Du verstehst das besser als unsereins... Und außerdem: Allerhand Hochachtung, wie du laufen und auf dem Bauch kriechen kannst!... Du bist ein alter Schlangenfänger, wenn du auch ein gesegnetes Mundstück hast... Jetzt pass aber du genau Obacht!... Den Hang hier vor unserer Nase hinaus!... Dann zehnmal soweit vor, wie du selber lang bist, immer der Nase nach!... Ja auf dem Strich bleiben..."

Das Feuer rollte regelmäßiger, nicht mehr jäh und stosshaft. Wie Hunde in der Nacht knurrten sich die Fronten an.

Hiesinger war auf den Trichterrand gekrochen. Undeutlich und verschwommen sah er vor sich ein Gewirr aus Stangen und Drähten, eine dicht verfilzte künstliche Dornhecke - den Drahtverhau.

Vor, in und hinter dem Verhau hüpften Flämmchen der Einschlüge. Es war kleines Kaliber.

„Hast du die Strippe fest, Schramm?... Ich haue ab..."

Auf Knie und Ellenbogen arbeitete sich der Sanitäter vorwärts. Erstaunlich schnell war er aus dem Trichter. Kein Indianer hätte es gewandter und lautloser fertiggebracht.

Schramm kauerte am Trichterrand, alle Sinne angespannt und überwach.

Da kam auch schon der erste Ruck und fuhr wie ein elektrischer Schlag durch den Körper Schramms. Er ruckte dagegen zum Zeichen, dass er verstanden hatte, und wieder kam Antwort.

Ruck!... Ruck!... Er war also beim Leutnant.

Der Sanitäter hatte seine Körperlänge etwa zehnmal kriechend hinter sich gelassen, als er ein leises Stöhnen auffing.

Das Ohr hart an den Boden gepresst, lauschte er mit angehaltenem Atem. Wieder dieser leise Klagelaut, der unwirklich und unfasslich aus dem Mund der Erde selbst zu kommen schien!

Langsam hob Hiesinger den Kopf und drehte ihn nach der Richtung des Lautes. In einer winzigen Erdfalte, nicht mehr als drei Schritte nach rechts, sah er zwei Körper.

In einem Augenblick war der Sanitäter dort.

Stumm und steif, eine Puppe, der alle Gelenke verdreht sind, lag der eine Körper. Beim andern Körper war ein Bein krampfhaft an den Leib gezogen.

Hiesinger beugte sich über den Verwundeten. Am Schnitt des Waffenrocks erkannte er den Offizier.

Leutnant Göbel hielt die Augen halb geschlossen und zerbiss ein Stöhnen zwischen den Lippen. Er war bei Bewusstsein.

„Ruhig, Kamerad!... Dass bloß die da vorn nichts merken. Wo fehlt's?..."

„Schuss durch den rechten Oberschenkel!" flüsterte der Leutnant zurück.

„Immer ruhig Blut, Kamerad!... Ich bring dich zurück... Muss nur erst den andern beaugapfeln..." Ein kundiger Griff, und der Sanitätsgefreite hatte die Erkennungsmarke des Toten geholt; dazu nahm er noch allen Kleinkram, der sich in den Taschen befand.

„So!... Das hätten wir... Und jetzt dreh dich mal etwas auf die Seite!... Langsam... langsam... Wir versäumen nichts..."

Geschmeidig lud Hiesinger den Verwundeten auf den Rücken, schlang ein Gurtband unter den Achseln des Leutnants durch und kroch mit seiner lebendigen Last rückwärts. Vorher ruckte er dreimal an der Leine.

Am liebsten hätte der Infantrist Schramm juchheit, als das Zeichen kam. Er unterdrückte aber diese Anwandlung und legte dafür alles Gefühl in die Art, wie er an der Strippe zurückzog. Das Leinenknäuel in seiner Hand wuchs, und nun sah er auch schon die seltsame Figur mit dem doppelten Rücken. Schramm griff über den Trichter hinaus, fasste Hiesingers Schulter und half dem Sanitäter in die Senke herein.

Hiesinger kochte aus allen Poren.

„Er ist gar nicht schwer... Schätze: höchstens ein Zentner zwanzig!... Und doch war's ein heidenmäßiges Stück Arbeit... Wollen uns darauf einen genehmigen, Kamerad...!"

Der Gefreite tat erst einen Seufzer und dann aber einen Schluck, der nicht von schlechten Eltern war. Die Feldflasche ging an Schramm weiter.

„Was ist mit dem Leutnant los?... Aha!... Ohnmächtig!... Dacht es mir doch gleich, weil er so mucksmäuschenstill war den ganzen Weg her!... Schadet gar nichts!... Im Gegenteil!... Wir tun uns umso leichter..."

Schwacher Regen setzte ein, eigentlich mehr ein Nieselregen. Ganz fern im Osten glomm ein milchig weißer Streifen, schmal wie ein Augenspalt. Der Morgen pochte an den Himmel.

„Jetzt aber weiter im Text!... Die Sache wird brenzlich... Sind wir nicht in spätestens fünfzehn Minuten in unserer Flohkiste, dann können wir den ganzen Tag in irgendeinem Trichter vertrödeln... Der Korporal hockt im Trichter hinter uns... Darauf halten wir zu... Ich nehme den Leutnant hoch und dann nichts als marsch! marsch!..."

Unteroffizier Schmalz saß in seinem Trichter und sog an der kalten Pfeife. Er döste im Halbschlaf und übte die für den Soldaten sehr wesentliche Kunst, in jeder Lebens- und Körperlage ein paar Augen voll Schlaf zu nehmen.

Aus diesem löblichen Tun wurde er jetzt gerissen.

Was sollte das Getrappel? Wer kam da im Laufschritt?

Bevor der Unteroffizier noch klar wurde, prallten zwei Schatten aus der Dunkelheit und sausten in den Trichter.

Drei Minuten lang hörte Schmalz neben sich nur mühsames Keuchen und krampfhaftes

Atemholen. Dann hatte Hiesinger sein Mundstück wieder im Gang und legte los.

„Bist du's, Korporal?... Hat ihm schon, den Mac Mahon!... Das war dir ein Laufschritt!... Wenn ich die vierzig Meter - bei Nacht und Nebel und mit dem Leutnant auf dem Buckel! - nicht schneller gelaufen bin als jeder Windhund, dann will ich meine Gefreitenknöpfe fressen... Höchste Eisenbahn war's aber auch ... Die Brüder drüben merken bereits was..."

Um die Drahthecke tanzten Aufschläge. Strichfeuer eines Ma-schinengewehrs sirrte.

Schramm rieb die borkig grauen Hände und gluckste vergnügt.

„Einen Dreck, Frau Meier!... Denen sind wir sauber durch die Lappen gerutscht... Prost, Schnaps!... Sollst leben!..."

Hiesinger nickte wohlwollend und wischte die schweißige Stirn mit dem Rockärmel.

„Schwein muss sein... Wer im Krieg kein Glück hat, soll sich lieber gleich aufhängen... Da pfeffern sie nun in der Gegend herum und schießen Löcher in die Luft..."

Das Feuer lag aber auch wirklich beruhigend weit vorn und abseits.

Über den noch immer bewusstlosen Leutnant gebeugt, kraulte der Unteroffizier nachdenklich in seinem Urwald von Bart.

„Sieht nicht gut aus!... Los, Kinder, sonst wird es zu hell!..."

Der fahle Streif im Osten war breiter geworden. Die Nacht flockte auseinander wie Wolle, die gezupft wird. Ohne weiteren Zwischenfall schafften sie den Leutnant in die Pillenbüchse.

Dort trafen sie Nützel neben einem zweiten Verwundeten der Patrouille.

„Der Kamerad ist schon im Trichter gewesen, wie ich vorgekommen bin... Hab ihn hereingeschleppt... Einen Bauchschuss hat der arme Kerl... Pst!... Lasst euch nichts weiter anmerken...!"

Der Verwundete war ein breiter, schwerer Mensch, einen halben Kopf größer als Nützel, der auch nicht verschnitzt aussah. Ein solches Gewicht über Trichter und Mulden zu schleppen, hatte wohl mehr als nur Schweiß gekostet.

Die Augen des Verwundeten standen groß und weit offen. Sie gingen ruhig von Gesicht zu Gesicht. Schmerz schien der Mann nicht zu haben, denn er streckte sich regungslos auf der Pritsche aus. Leutnant Göbel wurde neben ihn gelegt.

Hiesinger war ganz Sanitäter. Dieses sonst recht grobe und laute Mannsbild übertraf jetzt an Ruhe des Gemüts und Zartheit der Bewegung jede Frau. Er untersuchte die Wunde des Leutnants, verband sie und gab dabei seine ärztliche Meinung kund.

„Maschinengewehrschuss in die rechte Hüfte!... Ist seitlich getroffen worden!... Einschuss liegt höher als Schussausgang... Schlagader nicht verletzt!... Schwein muss sein... Möglich, dass der Hüftknochen erwischt ist!... Die Ohnmacht bedeutet weiter nix... Wir werden ihn schon aufwecken, den Leutnant..."

Mächtig paffte Hiseinger auf einer Zigarette und wandte sich dem andern Verwundeten zu.

„Na, Kamerad, lass dich mal anschauen !... Sieht ganz gut aus! ... Nur nicht bewegen!... Nichts essen und trinken vorläufig!... Mit dem Schuss kannst du noch siebzig Jahr alt werden..."

Klar und wissend hing der Blick des Verwundeten an Hiesinger. Die Lippen bewegten sich stumm.

Nützel sah den Unteroffizier bedeutsam an. Sie gingen von der Pritsche weg nach dem Gewehrstand. Der Sanitäter folgte.

„Er wird die nächste Nacht nicht mehr erleben... Zu wissen scheint er's selber... Schwein muss sein... Er hat wenigstens keine Schmerzen... Was ist wohl die Uhr, Korporal?..."

Der Zeiger stand genau auf vier Uhr morgens.

„Ist nicht möglich!..." verwunderte sich der Sanitäter. „Vierzig Minuten hätt der ganze

Spaß gedauert?... In diesen vierzig Minuten kann ein andrer graue Haare kriegen..."

Die Bergung des verwundeten Leutnants hatte vierzig Minuten gedauert. - Hiesinger schüttelte ungläubig den Kopf. Ihm schienen es ebenso viele Stunden.

4. Kapitel
Idyll an der Feldküche.
Das Linsenchristkind

Sie trommelten aus allen Schlünden. Ein eisenklirrender Vorhang hing von einem Ende des Himmels zum andern.

Die graue Rauchwand, von Entzündungen rot und gelb durchstriemt, wanderte ruhelos auf einem Erdstreifen von hundert Meter Tiefe vorwärts und rückwärts, vorwärts und rückwärts...

Eintönig hallte die Glocke des Horizonts das Rollen des Trommelfeuers hinaus. Jeder andere Laut ging unter in diesem Rollen. Bis auf das gleichmäßige Plätschern des Regens, der seit Tagesanbruch wieder rann! Dieses Plätschern behauptete sich hartnäckig mit dem eigenen Ton.

Kurt Biegler, das Bunkerkind, stand in der Schlange von Essenholern, die sich vor der dampfenden Feldküche ringelte.

Diese Feldküche war in den traurigen Resten einer Scheune untergebracht. Von den vormals vier Wänden standen noch zwei und eine halbe. Ein paar angekohlte Sparren deuteten das nicht mehr vorhandene Dach an. Ungehindert rauschte der Regen in die Scheune und bildete trübglitzernde Lachen auf dem schlecht gestampften Boden.

In die Zeltdecke gewickelt, rührte der Koch eine ansehnliche Schöpfkelle im Inhalt des Kessels und schaute missmutig drein, weil der Regen in den Kessel fiel und auf der Oberfläche des Essens kleine Blasen schlug. „Wasser haben wir selber genug... Zur Abwechslung könnt es auch mal Schmalz regnen... Nur nicht drängeln, Kinder!... Es kommt jeder dran..."

Der Koch schob die schmierige Feldmütze aus den Augen und füllte die hingereichten Feldkessel, peinlich bedacht, dass jeder den gleichen Teil vom Dicken und Dünnen bekam. Dazu brummte und grunzte der Koch Fürstner in seinen dicken, schwarzen Schnauzer:

„Kündigen solltest können!... Keine Stunde länger würde ich an der Küche bleiben!... Um drei raus bei dem Affenwetter!... Um vier schwitzt Wasser... Um fünf Blut... Kochen sollste und hast nix... Der ganze Krieg freut mich nimmer..."

Dieses Bekenntnis kam kläglich genug heraus, erweckte aber nur saftige Heiterkeit. Ein baumlanger Essenholer lachte lauthals und meinte unter allgemeiner Zustimmung:

„Er will auch reden!... Wo halb und halb in der Etappe hockt! ... Blut schwitzt er!... Und was schwitzen dann wir vorn?... Wenn's dir an der Gulaschspritze nicht mehr passt, kannst du dich ja ans Maschinengewehr melden... Da: hast meine fünf Kübel und trag sie in Stellung!... Ich will mit dem Schöpflöffel schon zurechtkommen..."

Ein solcher Tausch schien aber ganz und gar nicht nach dem Ge- schmück Fürstners. Der Koch stieß die Schöpfkelle in den Küchen- kessel und stemmte die Arme in die Hüften.

„Das lange Elend will auch was sagen!... Wenn er umfällt, fällt er in einen andern Frontabschnitt... Du und kochen?... das könnte sowas geben!... In der Etappe ist unsereins?... Halt die Töne, Menschenskind!... Ich bin eine Frontsau, so dreckig wie du... Guck dir mal den Kessel da an!... Siehst du was?..."

Zwanzig Augen richteten sich auf die Feldküche. Sie war, wenn auch noch keine dreißig Jahre alt, ein Möbel, das sicher manchen Sturm erlebt hatte.

Soviel Aufmerksamkeit schmeichelte dem Koch.

„Also, seht ihr was?... Nix seht ihr!... Aber vorige Woche, am... heut ist Freitag, zehn Tage zurück!... am Dienstag war hier an diesem Platz meine Ablösung... Heidner hat er geheißen... Ein fideles Haus!... Es ist auch in der Früh gewesen... Der Heidner steht also da und gibt aus... Denkt an nichts Böses und macht faule Witze!... Auf einmal kracht es hinter ihm, dort, wo nur noch die halbe Wand steht... Bis sich die andern besonnen haben, war's geschehen... Der Heidner ist ohne Muck umgefallen... Und wo war sein Kopf?... Mitten im Küchenkessel ist er geschwommen!... Da quatscht das lange

Laster von Etappe! .... Mit dem Ausgeben war's an dem Tag Essig... Hat jeder richtig?... Ich lass mich jetzt rasieren..."

Von einigen Seiten wurde die Geschichte von dem Kopf im Küchenkessel bestätigt. Woran sich eine lebhafte Aussprache schloss, ob Köche an der Feldküche zur Etappe oder zur Front zählen! Die Mehrheit der Meinungen entschied für die Front.

Neben der Feldküche, an der noch ganz erhaltenen Seitenwand, wurde der Koch rasiert.

Dieses Geschäft besorgte ein kleiner, schussliger Krankenträger, der gewissenhaft alle vorgeschriebenen Zeremonien einhielt.

Ein ausgedienter Trinkbecher diente als Rasierschüssel, warmes Wasser lieferte die Feldküche, und als Abziehriemen für das museumsreife Messer wurde ein Stück Leder von einer Sattel-packtasche benutzt.

Der Koch räkelte sich genießerisch auf der Bank, hielt die Beine weit gespreizt und trug im Rockaufschlag ein blaukariertes Küchenhandtuch, des Rasierens fast bedürftiger als der Koch, so rauh fühlte es sich an.

Die Essenholer standen in rauchender und schwatzender Gruppe um das Ereignis herum. Mancher fuhr sich unter das Kinn und stellte den haarigen Segen fest. Die meisten hatten mehr Borsten im Gesicht, als der Rasierpinsel des Krankenträgers aufweisen konnte.

Aus Leibeskräften rührte der Mann das warme Wasser mit dem Pinsel um. In der Hand hielt er ein daumenlanges Etwas, das leicht für ein Stück grünen Stangenkäse gelten konnte. Es war aber Seife, sollte wenigstens Seife sein.

Soviel ließ sich erkennen: Der Mann wollte Schaum schlagen. An seinem guten Willen lag es nicht, dass nur eine Masse entstand, die verwässertem Milchbrei sehr ähnlich sah und nach Talg letzter Güte roch.

Diesen Brei strich der Krankenträger dem Koch auf beide Backen. Der Brei zog lange Fäden und klebte wie Kleister in den Haaren.

Ein Schauspiel für sich war das Schärfen des Messers. Den linken Fuß auf dem einen Ende des Lederstreifens, das andere Ende in der linken Hand, raspelte der kleine Verschönerungskünstler auf und ab und begleitete jeden Strich mit einem Seufzer.

Schließlich schien alles fertig. Da war aber inzwischen der Brei eingetrocknet und musste neu aufgetragen werden.

Rasieren ist eine Nervenprobe, gleichgültig, ob einer es selbst macht, oder ob er es machen lässt.

Der Koch Fürstner lebte jenseits aller Nerven. Keine Wimper zuckte in dem fast kreisrunden Gesicht, das bald an einem Dutzend Stellen blutete.

Nach beendigter Marterung stand der Koch auf und strich kennerisch von Ohr zu Ohr.

„Es macht sich langsam, Kleiner... Bloß zehnmal geschnitten! ... Das ist um fuffzig Prozent weniger... Wie du mich das erstemal rasiert hast, war es eine Metzelsuppe... Da lass ich mich lieber wie eine Sau brühen und dann mit der Kette die Borsten runterraspeln... Heut war's schön!... Man ist doch rasiert wieder ein Mensch..."

Das mit dem „Wieder-Mensch-Sein" war eine gewagte Behauptung und gab den Essenholern Grund genug, unverstellt zu feixen. Keiner bezeugte Lust, sich unter das Messer zu begeben, obschon mancher Bart niederträchtig juckte.

Der kleine Krankenträger schwang sein Marterinstrument, das einer Folterkammer zur Zierde gereicht hätte, unternehmend, und der Koch redete den Leuten gut zu.

„Ihr schaut alle grausam aus... Bis auf den Biegler!... Da krieg ich eher am Knie einen Vollbart, eh dem ein Haar im Gesicht wächst..."

Biegler lüftete die stählernen Ohrhenkel seiner Feldzugsbrille und rieb die regenbeschlagenen Gläser rein. Er lächelte sein stilles Lächeln.

Einige von der Gruppe schwankten in ihrem Entschluss, aber nur einer nahm allen Mut zusammen und setzte sich zum Rasieren auf die Bank.

Der lange Essenholer nahm seine Feldkessel auf.

„Ich geh jetzt!... Kann kein Blut sehn!..."

Er wandte sich zum Scheunenausgang, drehte sich aber nochmals um, weil ihm der Koch nachrief: „Zu was bist du dann nachher Soldat?... Aber ich sag's ja: Der Ersatz wird immer schlechter..."

Schlagfertig kam die Antwort des Langen zurück.

„Das ist wie mit dem Essen... Früher war das auch besser!..."

Bevor sich der Koch auf eine passende Grobheit besonnen hatte, ging der Lange schon grölend hinaus in den Regen.

Für die übrigen Essenträger war es ein Zeichen zum Aufbruch. Mancher hatte bis zu drei Stunden Weg in die Stellung, nicht der Entfernung, aber den Beschwerden nach.

Inzwischen war auch der Mutige unter ziemlichem Blutverlust geschabt worden und schloss sich der Gruppe an.

Gleich vor der Scheune trennten sich die Wege. Die Gruppe löste sich auf. Das geschah unter derben, aber stets gutgemeinten Zurufen.

Biegler hielt sich zu einem Essenträger der Artillerieschutzstellung. Sie hatten ein Stück Weg gemeinsam.

Unter dem trostlos grauen Regenhimmel trabte einer hinter dem andern her, über freies Gelände zuerst, dann durch eine schon vor Jahr und Tag geräumte Stellung, um dahinter in den Laufgraben zu tauchen.

Bieglers Kamerad hob das Gesicht in den Regen und knurrte befriedigt.

„Wir haben mächtig Schwein... Bei dem Guss bleiben sie mit ihren Stiften daheim... Nichts ekelhafter als diese Flieger!... Wenn es uns nicht im Sperrfeuer erschlägt, und keiner in einem Trichter absäuft, bringen wir den Fraß heim, ohne dass die Hälfte im Dreck liegenbleibt..."

Vor Biegler stieg das Bild des gejagten Nützel auf. Es gewann dem Regenwetter eine recht freundliche Seite ab... Nass war man im Krieg stets, ob es regnete, oder ob die Sonne schien. Die sechs Feldkessel allein waren heiß genug, den Schweiß kräftig zu treiben.

Sie turnten den Lattenrost entlang, der auf der Grabensohle lag. Der Rost war vom Regen schlüpfrig und wies meterlange Lücken auf. Aber es ging sich auf dem Rost doch sicherer. Ein Schritt daneben, und die Stiefel steckten bis zum Knie in dem sehr zähen und anhänglichen Morast. Es war nicht für alle Fälle ausgemacht, ob sich der Stiefel wieder herausziehen, oder ob er seinen Herrn treulos im Stich ließ.

Nach halbstündigem Marsch verschnauften die zwei Essenträger. Der Laufgraben verlief an diesem Punkt in drei Stränge, von denen der mittlere Hauptstrang geradeaus in die Artillerieschutzstellung wies. Die beiden Nebenstränge führten rechts und halblinks ins Trichterfeld.

Biegler lehnte neben dem Kameraden an der Grabenwand und spreizte die Füße gegen die andere Wand.

„Geh her und halt den Mantel mit drüber!... Ich will mir eine ins Gesicht stecken..."

Einträchtig rückten sie zusammen und breiteten die Mäntel aus gegen Wind und Regen. Der vereinten Bemühung gelang das Kunststück, die Zigarette in Brand zu bringen. Wohlig schnaubend stieß der Kamerad den Rauch durch die Nase.

„Der Sargnagel und der Schnaps!... Ohne die hätt ich nicht durchgehalten!... Bin bloß neugierig, wie ich mir das später wieder abgewöhnen kann!... Einmal muss doch wieder Frieden sein... Was meinst du, Kamerad?..."

Biegler meinte, was alle meinten, dass der Krieg noch vor dem Winter aus sei.

Der Kanonier - erst jetzt merkte Biegler an den Aufschlägen die Waffengattung seines Begleiters - spuckte auf seine Stiefel und zog ein zweifelndes Gesicht.

„Das ist Latrine, Kamerad... Ich bin seit Anfang beim Geschäft und kenn mich aus... Im ersten Herbst hat es schon geheißen: Wenn das Laub von den Bäumen fällt, seid ihr wieder daheim !... Zähl dir selber an den Fingern ab, wie oft seitdem das Laub von den

Bäumen gefallen ist!... Die Großköpfe oben hören nicht auf, solange noch ein Mann gradstehen kann... Na, von mir aus!... Ich hab den Krieg nicht angefangen... Die ihn angefangen haben, sollen nur auch Schluss machen..."

Was wollte Biegler gegen diese fest umrissene Ansicht vorbringen? Er schwieg lieber und nickte nur in seiner stets bereitwilligen Art.

Die Zigarette war zu Ende geraucht. Auch geredet schien sich der Kanonier genügend. Er kam schwerfällig auf die Beine und schlug den verrutschten Mantelkragen hoch.

„Also dann Servus, Kamerad!... Ich geh gradaus. Mach's gut!..."

Ein paar Minuten sah Biegler dem Kanonier nach. Die Schultern standen bald höher, bald tiefer im Graben, und die Gestalt schaukelte wie ein Boot, das sich in unruhigem Wasser selbst überlassen ist. Dann versank der Kanonier im Graben.

Der Stichgraben halblinks, an den sich Biegler nun zu halten hatte, war berüchtigt.

Nur an den schlimmsten Stellen kümmerlich mit Lattenwerk bedeckt, war schon mehr als ein Mann darin bis an den Nabel versumpft und war froh gewesen, wenn er sich unter Opferung eines Stiefels oder auch des ganzen Schuhzeugs wieder herausarbeiten konnte.

Biegler bewegte sich durch eine Kette von heimtückischen Lachen, sehr vorsichtig und unter Prüfung jedes einzelnen Schrittes. Er wusste: Ein falscher Tritt, und du badest mit deinen sechs Feldkesseln in einer dieser braunen Pfützen!

Blutsauer wurde der Gang für einen Menschen von geringer körperlicher Gewandtheit. Die sechs vollen Kessel zogen bleischwer an Biegler, der bis auf die Haut durchnässt war. Der Mantel hatte sich vollgesogen, starrte von Schmutz und war in seinem unteren Teil so hart wie Eisenblech. Jeder Schritt wurde zum Kampf mit diesem Stück Kleidung.

Brennendrot den Kopf und gänzlich ausgepumpt verhielt Biegler in einem halbwegs trockenen Grabenstück. Die Arme stützte er auf die Knie, der Kopf lag erschöpft in den Händen.

Zwei Jahre!... Kurze, abgerissene Bilder rollten vorbei...

Kurt Biegler, Meisterschüler einer Malklasse, hatte sich freiwillig gemeldet... Zweimal zurückgestellt, bei der dritten Musterung tauglich befunden... Roch er nicht eben jetzt wieder die dumpfe Kasernenluft der Ausbildungszeit?... Im schönsten Frühling war er eingerückt... Als er ins Feld kam, lag das Korn geschnitten auf den Äckern... Über ein Jahr saß er nun schon im Graben, Zeit genug, romantische Einbildungen vom Krieg an der rauhen Wirklichkeit zu berichtigen... Was war dieses Jahr gewesen?... Ein Wechsel von viel Lärm und wenig Ruhe, von Hunger, Durst und Schmutz, ein Vorbeidrücken am Tod, der neben jedem da vorn steht und keinen Augenblick aus der Tuchfühlung geht!... Hatte ein gewisser Kurt Biegler sich das alles nicht ganz anders vorgestellt?... Wo war der hinreißende

Schwung des Anfangs, der auch ihn mitgerissen hatte?... Erstickt in Blut und Sumpf!... Der kleine Dienst offenbarte die wahre Größe: Dieses tagelange Liegen in verlausten Unterständen, dieses Schanzen zu jeder Zeit und bei jedem Wetter, dieses stumme, entsagende Ducken unter die Wirbel des Trommelfeuers, diese ganze eintönige, wortkarge, klaglose Taglöhnerei des Kriegs.

In Bieglers Hirn spiegelten sich harte, furchige Gesichter, Augen, in die alles Entsetzen der Zeit gesunken ist... Er spürte den Druck schwielenvoller Hände und aus diesem Druck die Gewissheit: Einer allein wäre hoffnungslos verloren in dieser Hölle ... Ertragen ließ sich dieser Krieg nur durch das gegenseitige Stützen und Heben, durch dieses selbstverständliche Einspringen des einen für den andern...

Heiß quoll es in Kurt Biegler auf... Der Unteroffizier und Scharf, Nützel und der Sanitäter: Das war die kleine Welt, der Kurt Biegler, angehender Kunstgewerbemaler und freiwilliger Schütze, auf Gedeih und Verderb

verbunden   blieb...   Kameraden!...
Kameraden!... Ein Granateinschlag zerriss
das Nachdenken. Biegler schreckte aus dem
Besinnen und war schnell in die Stunde
zurückgeworfen.

Noch keine Sekunde hatte das Trommeln
ausgesetzt. Auffallend stark deckte das Feuer
den rechten Abschnitt ein. Mitten in diesem
Sturm musste jetzt der Kamerad von der
Artillerieschutzstellung sein.

Dann und wann ballten sich in der grauen
Rauchwand gelblich-grüne Wölkchen, lösten
sich aus dem Dunst und sanken zögernd zu
Boden. Es wurde Gas geschossen. Der
Regen drückte die tödlichen Ballen erdwärts.

Biegler prüfte den Wind. Der Wind kam ganz
schwach aus Westen, Gefahr mithin nicht
groß, aber Vorsicht trotzdem angezeigt. Das
Gas strich unberechenbar. Eine Nase voll
war erwischt, ehe noch Zeit blieb, die Maske
hervor zu zerren.

Ein Vergnügen war es nun nicht, in der
Gasmaske zu stecken. Es atmete sich sehr
beengt darin, der Regen beschlug die Gläser,

dass alles nur verschwommen zu sehen war, und in kürzester Zeit herrschte unter der schnauzenförmigen Röhre eine Temperatur wie in einem Glühofen.

Einmal hing es nur noch an einem Haar, ob Biegler samt seinen sechs Feldkesseln ein Schwimmbad nehmen sollte oder nicht. Mit dem linken Bein stak er schon bis an die Hüfte im Morast und dankte es nur dem Umstand, auf festen Grund zu kommen, dass alles ohne größeren Unfall abging.

Ein in seine Bestandteile zerfallener Kunstmaler erreichte schließlich die Biegung des Laufgrabens, von wo aus er noch sechzig Schritte zum Bunker hatte.

An dieser Biegung kauerte der Schütze Scharf und rauchte aus voller Lunge.

„Hurra!... Das Bunkerkind ist da!... Mensch!... Aller Augen warten auf dich!... Und der Fraß?... Alle sechs Kübel?... Du taugst in unsern Verein, Biegler... Allerhand Achtung vor einem Freiwilligen!... Die lederne Verdienstschnalle ist dir sicher... Her mit den Kübeln!..."

Im Nu war Scharf Herr der sechs Feldkessel. Biegler nahm die Gasmaske ab und schnappte Luft. Dicker Schweiß perlte ihm von der Stirn, doch hinter dem Schweiß stand schon sein stilles, dankbares Lächeln.

„Verschnauf dich, Professor!... Auf die fünf Minuten kommt es nimmer an..."

Scharf nahm den Deckel von einem Feldkessel, beschaute misstrauisch den Inhalt und roch hinein, um sicher zu gehen. Die Prüfung stellte ihn zufrieden und lockte ein zufriedenes Schmunzeln hervor.

Der Empfang im Bunker war lebhaft. Schmalz und Nützel drückten dem Freiwilligen wohl ein halbes dutzendmal die Hände.

„Schön gemacht, Biegler!... Bei dem Wetter alle Kessel heimbringen und nicht einmal in den Dreck fallen, ist sogar für einen alten Veteranen allerhand..."

Schmalz sagte es in herzlichem Ton.

Aus dem Hintergrund, wo der Sanitäter mit dem Bauchschuss beschäftigt war, drang die Stimme Hiesingers.

„Heil und Sieg, Professor! Was hätten wir denn zu futtern?" Scharf schwenkte einen Kessel und trompetete los, als hätte er das Halleluja in einem Kirchenchor zu singen.

„Rat mal, Schnaps!..."

Der Sanitätsgefreite trat näher, beschnupperte den Kessel und zog die Stirn in Denkerfalten.

„Drahtverhau?..."

Scharf schüttelte den Kopf.

„Blauer Heinrich?..."

„Wieder falsch geraten, Hiesinger!..."

Länger wollte Scharf den Gefreiten nicht auf die Folter spannen. „Linsen, Mensch!... Denk bloß: Linsen und ganz dick!..." Wenn es ein verklärtes Lächeln gibt, das über ein menschliches Antlitz ziehen kann, so war es der Ausdruck in den Mienen Hiesingers.

„Linsen!?!... Linsen hat er gebracht!... Ja, ist denn der Biegler das Christkind?..."

In das geruhsame Schmatzen und Kauen stöhnte es. Der Bauchschuss sah heißhungrig zu den Essern her.

5. Kapitel
Der Bunker beißt. Einer geht hinüber

Gegen Mittag verdoppelte sich die Beschießung. Rund um den Bunker tanzten Einschläge. Der halbhelle Raum schwankte in einem Erdbeben.

Unteroffizier Schmalz hatte seinen Posten am Gewehrstand und beobachtete aufmerksam durch sein Zeissglas.

Der Angriff war im Nachbarabschnitt rechts bereits im Rollen. Hinter der Feuerwalze wurden die flachen Stahlhelme der Angreifer sichtbar. In langer Reihe zu einem schoben sich die Kolonnen ins Trichterfeld.

Vor und zwischen den Kolonnen krochen Tanks. Plump und doch beweglich fraßen sich die Stahlraupen ins Gelände, malmten auf ihrem Weg alles in Grund und Boden und brachen den Stürmern Gasse.

Einem kaum noch kenntlichen Straßenband folgte ein ganzes Rudel von Tanks.

„Eins - zwei - drei - vier - fünf!...", zählte der Unteroffizier und richtete den Zeiss schärfer auf das Rudel.

Die Tanks kletterten durch Trichter und über Erdfallen, standen bald vorn, bald hinten hoch wie Dampfer auf schwerer See und feuerten aus allen Schlitzen. Plötzlich spie der vorderste Tank eine Stichflamme aus und brannte lichterloh. Ein zweiter bäumte wie ein scheuendes Pferd, bockte noch einmal nach hinten aus und kippte dann halb um. Der Rest machte kehrt und brach ins rückwärtige Gelände aus.

In einem Trichterstreifen brodelte schon Nahkampf. Bald tauchten flache, bald gewölbte Stahlhelme auf, verknäulten sich und sanken in die Erde.

Um einen Trichter musste es besonders heiß hergehen. Dieser Trichter lag vielleicht achthundert Meter rechts seitwärts auf einer Bodenschwelle und überhöhte das andere Gelände kaum merkbar. Doch in dieser tischebenen Fläche bedeuteten fünf Meter bereits einen Hügel und fünfundzwanzig Meter einen Berg.

Von drei Seiten brandete der Sturm gegen den Trichter und schloss ihn halbmondförmig ab. Die Besatzung wehrte sich wütend und wetterte Angriff auf Angriff ab. Wenn sich der Vorhang aus Stahl, Rauch und Regen lüftete, konnte der Unteroffizier sogar Einzelheiten des Gefechts unterscheiden.

Dem heftigen Widerstand nach barg der Trichter wohl ein Nest von Maschinengewehren. Diese Gewehre kämmten ihren Feuerbereich nach drei Richtungen und hefteten die Stürmer immer wieder an den Boden.

Wirksamer noch als dieser Feuerriegel erwies sich im Bremsen des Angriffs ein irgendwo versteckter Betonklotz. Diese Pillenbüchse schoss unbarmherzig in Flanke und Rücken des Angriffs und peitschte die Stürmer zurück.

Der Unteroffizier schaute sich schier die Augen aus dem Kopf, konnte aber den Standort des Bunkers nicht entdecken, so gänzlich täuschend war die Pillenbüchse dem Gelände eingepasst.

Drüben, wo sie die Wirkung des Bunkers fürchterlich erfahren mussten, tastete die Artillerie das Gelände ab nach dem hinderlichen Klotz und pflügte mit allen Geschützen den vermutlichen Standort.

Sobald dann die Stürmer aber zu neuem Sprung aufstanden, begann der Wind des Todes wieder eiskalt aus dieser Ecke zu blasen.

Wie der Magnet die Eisenspäne, so zog dieser höllische Trichter die Kräfte hüben und drüben auf sich. Durch die Sperrfeuer, das eigene und das fremde, tropften die Bereitschaften im Kampfraum und wurden sofort vom Strudel verschlungen.

Irrsinnig tanzte der Tod immer auf der gleichen Stelle, stundenlang, tagelang ...

Der Unteroffizier kannte dieses Bild gut. Oft genug hatte er es erlebt. Er richtete das Glas auf die Gegend unmittelbar vor und links vom Bunker, konnte nichts von einem Angriff bemerken und rief in den Bunker hinein:

„Da rechts drüben geht's lausig her!...
Scharf... Lös mich auf eine halbe Stunde
ab!..."

Nichts hätte Scharf lieber gehört. Beobachten
war ihm ein Sport wie andern Menschen das
Turnen oder Schwimmen.

Schmalz unterwies ihn kurz über die Lage
und wechselte dann seinen Platz mit der
Ablösung.

Leutnant Göbel war schon seit zwei Stunden
wieder von seiner Ohnmacht frei und bei
klarem Bewusstsein. Er lag, den Kopf in die
rechte Hand gestützt, auf der Pritsche und
hörte zum sechsten Mal den Bericht des
Sanitätsgefreiten über die Bergung an.
Linsen hatte er auch schon gegessen, weil
Hiesinger einfach darauf bestand, dass ein
Fußverletzter - das Wort „Fuß" betonte
Hiesinger ausdrücklich! - essen müsste, wo
und wie er nur etwas kriegen könnte.
Außerdem hatte es den Leutnant ehrlich
gehungert. Einen andern Grund, Linsen zu
essen, braucht es aber nicht.

Der Leutnant, ein schmächtiger Mann Anfang der Dreißig, war keine auffallende Erscheinung. Nur die klugen und gütigen Augen liehen dem Gesicht einen Reiz, der die herbe, bartlose Kargheit verschönte. Jetzt zeigt dieses Gesicht einen Zug von gewaltsam unterdrücktem Schmerz. Die Augen gingen hastig und glänzten unruhig.

Hiesinger, eine immer sachliche Natur, erkannte diese Anzeichen des Wundfiebers und hielt nicht hinterm Berg mit dieser Wahrnehmung.

„Herr Leutnant wird vielleicht Fieber bekommen ...Es muss nicht sein, kann aber sein!... Für solche Fälle ist Vorbeugen gut... Ich für meinen Teil trinke da Schnaps, viel Schnaps, und wenn's nicht gleich hilft, noch mehr Schnaps... Wem's hilft, dem schadet's nix... Bloß kann's nicht jeder vertragen. Es hat aber noch ein andres Mittel..."

Das andere Mittel kramte Hiesinger geschäftig aus seinem Sanitätskasten. Es war das unvermeidliche Aspirin, jenes Allerweltsheilmittel des Soldaten, das stets und ständig angewendet wurde, ob es sich um Durchfall handelte oder um irgendeine Wunde zwischen Wirbel und Zehe.

Leutnant Göbel lächelte. Ob über das andere Mittel oder über den Eifer des ganz in seinem Fach ausgehenden Sanitäters, blieb zweifelhaft. Die zwei Aspirintäfelchen schluckte er aber gehorsam.

Unteroffizier Schmalz meldete dem Leutnant Lage und Auftrag des Bunkers 17. Er tat es in knapper, soldatischer Art. Der Leutnant hörte sehr aufmerksam zu, fragte nach Einzelheiten und hatte schnell den besten Eindruck von dem tüchtigen und klaren Wesen des Bunkerführers. Schmalz stand in disziplinierter und dabei doch nicht verkrampfter Haltung vor der Pritsche und wusste auf jede Frage des Leutnants eine handfeste Auskunft.

Leutnant Göbel besaß die Gabe des richtigen Umgangs mit der Mannschaft. So knapp und bestimmt er sich ausdrückte, war der Ton doch weder schroff noch überheblich.

Dem Infanteristen Schramm, der zum Unteroffizier getreten war und in holprig herzlichen Worten seine Freude über die Bergung kundtat, schüttelte Leutnant Göbel kräftig die Hand. Dieses Händeschütteln enthielt unter Männern genügend Anerkennung und ehrte den Landser wie den Leutnant.

Ein dumpfer Schlag machte den Bunker wanken. Nützel, der auf einem Munitionskasten döste, fiel von seinem Ruhesitz und saß sehr erstaunt auf dem Boden, ehe er sich's versah.

Vom Gewehrstand rief Scharf herüber.

„Weiter nichts von Bedeutung!... Ein Zwölfer oder Fuffzehner ist aufs Dach gefallen... Das hält aber noch ganz andre Brocken aus..."

Da kein zweiter Aufschlag folgte, konnte es sich wohl um einen Zufallstreffer handeln, nicht um einen gezielten Schuss.

Trotzdem stieg der Unteroffizier dem Sanitätsgefreiten auf die Schultern und untersuchte die Decke. Von einer Schusswirkung war nichts zu bemerken.

„Wenn außen auch nichts zu merken ist, sind wir wieder einmal gut weggekommen... Aufgesprengter Beton glänzt nämlich und ist von sehr weit her zu sehen und anzuvisieren..."

Diese sachgemäße Darlegung des Unteroffiziers weckte gemischte Empfindungen. Nützel und Schramm erboten sich sofort zum Nachschauen, aber Schmalz wehrte ab.

„Was denn nachschauen?... Dass die drüben euch sehn und sich ihren Vers drauf reimen!... Wollt ihr unser Loch mit Gewalt verraten?... Das mit dem Glänzen braucht ihr nicht gleich wörtlich zu nehmen... Seit wann glänzt denn was, wenn es regnet?... Bis die Sonne wieder scheint, schmeißen sie uns genügend Dreck aufs Dach, dass es aus ist mit dem Glänzen... Bleibt nur hübsch drinnen Kinder. Es ist doch ganz gemütlich hier..."

Hiesinger, der jeden Gesprächsfaden aufnehmen und weiterspinnen musste, nützte auch diesen Anlass aus. Sicher hatte der Sanitätsgefreite schon gleich bei seiner

Geburt die überraschte Welt mit einer Ansprache begrüßt. Er nahm die ewige Zigarette aus dem Mund und drehte sie zwischen Daumen und Zeigefinger.

„Also, da hat der Korporal wieder recht... Bei Fertuhn sind wir dreißig Stunden im Unterstand nach allen Regeln der Kunst befunkt worden... Und warum?... Weil einer seinen Dickschädel nicht drin lassen konnte!..."

Gern hätte Hiesinger die Sache mit dem Dickschädel breiter ausgewalzt. Er wurde in seinem Redefluss aber gehemmt durch das Stöhnen des Bauchschusses.

Der Mann lag noch in der gleichen Stellung, die ihm der Sanitäter gegeben hatte. Ein Bärenkerl war es, athletisch gebaut und von solcher Größe, dass die Beine bis halb an die Waden über die Pritsche hinausstanden. Das Gesicht war wie versumpft und zeigte grüngraue Flecken um die Augenknochen, sichere Zeichen des nicht mehr aufzuhaltenden Verfalls. Zwischen diese sumpfigen Flecken waren Augen von schwer bestimmbarer Farbe tief eingebettet, Augen, die sich vom Licht zurückzogen, zögernd und langsam wie Teiche, die austrocknen müssen.

Nicht Schmerz von der Wunde her ließ den Mann tief aufstöhnen.

„Durst, Sanitäter!... Durst!... Gib mir zu saufen!... Sonst hol ich mir selber was..."

Hiesinger wusste genau: Der Mann verlangte jetzt seinen sicheren Tod! Trinken oder Essen bei einer solchen Verletzung hieß einfach, das Leben aufgeben.

Die Nerven sind nicht mehr reizbar, was Leben und Tod anlangt, wenn einem schon drei Dutzend Menschen unter der Hand geblieben sind.

Blitzschnell und doch in aller Ruhe überlegte Hiesinger: Wie lang konnte es der Mann noch machen?... Höchstens einige Stunden!... Fieber war nicht da... Der Körper gab also jedes Widerstreben bereits auf... Zurückschaffen?... Vor Einbruch der Dunkelheit ausgeschlossen und dann todsicher überflüssig.. Warum sollte der

Mann also nicht trinken?... Jeder hat schließlich einen letzten Wunsch, der ihm nicht versagt werden darf.

Der Sanitätsgefreite war mit sich und seinem Gewissen im reinen. Er nahm die Hand des Verwundeten.

„Trinken willst du?... Aber mach mir bloß hinterher keinen Vorwurf!... Du kennst dich doch aus?..."

Der Bauchschuss nickte gelassen, den Blick fest auf den Sanitäter gerichtet.

Hiesinger erwiderte diesen Blick genau so fest und gelassen.

„Schön, Kamerad!... Sollst zu trinken haben!... Nur Schnaps oder nur Wasser?... Trink eine richtige Mischung aus Wasser und Schnaps, wenn du mir folgst!..."

Wieder nickte der Bauchschuss nur.

Im Deckel eines Feldkessels brachte der Sanitäter die empfohlene Mischung. Es verschlug weder ihm noch dem Verwundeten etwas, dass in dem Trunk Reste von Linsen schwammen. Wer wird auch so heikel sein!

Der Bauchschuss trank ohne Eile, mit bedachtem Genuss und ließ auch nicht den winzigsten Tropfen von dem Gebräu umkommen. Dann stemmte er den Oberkörper hoch und bat um eine Zigarette.

Vier Hände streckten sich ihm zugleich entgegen. Biegler, Nützel, der Sanitäter und auch der Leutnant reichten Zigaretten hin. Der Unteroffizier konnte sich an diesem Liebeswerk nicht beteiligen. Er rauchte nur Pfeife.

Die vier Angebote waren dem Bauchschuss keineswegs zuviel. Er nahm alle Zigaretten, stapelte sie neben sich auf und griff einen Glimmstengel unparteiisch heraus, den er an der Zigarette Hiesingers anschmauchte. Mit einer Andacht, als wüsste er tief um den Wert letzter Lebensgeschenke, blies der Mann den Rauch vor sich hin und starrte hinter den blauen Wölkchen her.

Niemand sprach ein Wort. Es ging eine drückende Stille im Bunker um, und in dieser Stille ein Ahnen von Grab und Verwesung. Atemholen und Atemlassen waren außer den leisen Lippenlauten des Rauchens die einzigen Geräusche. Dazu der Widerhall des Kampflärms, dumpf und drohend wie das Tosen eines fernen Wasserfalls.

Wer kennt diese Augenblicke nicht, da alles Leben aus uns geronnen scheint, und der Mensch sich fühlt als leckes Schiff, das untergehen muss?

Selbst Hiesinger, der sich sonst jede Bedrängnis vom Leib redete, unterlag der Macht dieser Stimmung und schwieg. Er guckte trübselig zu Nützel hin, fand in dessen Gesicht aber nur einen grimmigen Ausdruck von Ergriffensein und flüchtete mit dem Blick zu Biegler. Der Kriegsfreiwillige schaute hinter seiner Brille hervor wie ein Kind, dem ein uraltes Märchen erzählt wird. Der Unteroffizier hielt die Pfeife schief im Mund und paffte hingebend.

Da scheuchte ein lauter Ruf die Andacht ins Nichts.

Scharf hatte sich am Gewehrstand umgedreht, fuchtelte heftig in der Luft herum und schrie in den Bunker hinein:

„Sie kommen!... Sie kommen!..."
Zwei Sätze über die fünf Knüppelstufen zum Gewehrstand, und der Unteroffizier kauerte neben dem Sehschlitz.

Achtzig Schritt vor dem Bunker tastete sich die Kolonne vor, Mann hinter Mann in Reihe zu einem, Front halblinks am Bunker vorbei.

Die Stunde des Auftrags hatte geschlagen.

Vor dem Unteroffizier standen die Worte des Befehls: „Feuer nur gegen Massenziele nach vorwärts und halb links!"

Hell klang die Stimme des Bunkerführers.

„Alles fertigmachen!... Scharf zu mir!... Biegler an die Munition!... Nutzel mit Handgranaten ans Bunkerloch!... Gewehr feuerbereit!..."

Es lief wie ein Uhrwerk. Scharf hatte das Gewehr mit drei Griffen feuerbereit und stand breitbeinig hinter Korn und Kimme. Der Kriegsfreiwillige schleppte den nächsten Munitionskasten zum Gewehrstand, riss den Deckel auf und holte zwei Geschossgurte heraus. Der Unteroffizier drückte den

Daumen abwärts, ein Signal, das der Gewehrschütze Scharf sofort verstand.

Tak-tak-tak!...Taktak-taktak!... Taktaktak!...
Das Stottern des Maschinengewehrs hallte aufreizend durch den Bunker.

Wie Hagelschlag in ein reifes Kornfeld klapperte das Strichfeuer in die Kolonne und mähte Mann neben Mann. Die Sturmreihe zersprang wie eine Kette und fiel in lauter Einzelglieder auseinander.

Gegenfeuer schlug unsicher herüber. Es war viel zu hoch gezielt, um Schaden zu tun.

Unteroffizier Schmalz nahm den Zeiss von den Augen. „Die sind fertig!... Fragt sich bloß, ob sie uns heraushaben?... Wir werden ja gleich sehen... Feuerpause, Scharf!... Auf einzelne Leute wird nicht gehalten... Und wenn einer mit der Nase am Bunker anstößt..."

Scharf gab den Hebel frei, ohne seine Stellung zu ändern. Breitbeinig blieb er hinter das Gewehr gebückt.

Drüben löste sich ein flacher Stahlhelm vom Boden und rückte zentimeterweise hoch, bis

Kopf und Brustansatz des Spähers zu sehen war.

Schmalz nahm den Mann ins Feldglas. Er sah in ein junges, erschrockenes Gesicht, braun von Wind und Wetter und jetzt auch schmierig von der klebrigen Regenerde.

Der Mann drehte vorsichtig den Kopf von der Richtung des Bunkers ab nach links. Dort wurde heftig geschossen.

Weit in dünne Schleier ausgezogen, drei, vier Wellen hintereinander, rannten sie in Angriff und Abwehr über das Trichterfeld. Die Artilleristen paukten hüben wie drüben die höchsten Wirbel mitten in die Linien hinein. Keine drei Schritt links vom Bunker knickte einer in vollem Lauf nach vorn und stürzte auf das Gesicht. Brustschuss! Etwas weiter links warf einer die Arme hoch und brach nach rückwärts um. Kopftreffer!

Die Sturmkolonne gegenüber füllte sich auf. Rasendes Sperrfeuer sprang zwischen die Kolonne und den Bunker und schnitt jede Sicht ab. Langsam stampfte die Feuerwalze vorüber, und als sie hinter dem Bunker tobte, erblickten Schmalz und Scharf die Sturmreihe in dichtgedrängtem Vorgehen, Front noch stärker nach links gedreht als beim ersten Angriff. Flanke und Rücken lagen dem Maschinengewehr völlig bloß.

Ein Wink des Unteroffiziers!... Scharf drückte, dass der Daumen schmerzte, und legte Geschoßgurt nach Geschoßgurt ein, die Biegler bereithielt.

Vorn, links und rückwärts beschossen, flüchtete die Kolonne den nächsten Trichtern zu. Der halbe Bestand blieb tot oder verwundet liegen.

Scharf fluchte halblaut. Er hatte im schnellsten Feuer eine Lade-hemmung gehabt und war in seinem Eifer, den Schaden zu beheben, an den glühheißen Lauf getappt. Deshalb fluchte er und schlenkerte die rechte Hand, wo Daumen und Zeigefinger hübsche Brandblasen hatten.

„Alter Depp!" schimpfte er sich selber aus. „Am MG groß geworden und immer noch saudumm!"...

Nützel kam gehastet.

„Korporal!... Sie sind in unserm Laufgraben... Mindestens ein Zug mit zwei Maschinengewehren!... Bei der Knickung ist ein Gewehr eingebuddelt!..."

Das war eine böse Meldung. Wie sollten sie aus dem Bunker kommen, wenn es Zeit zur Räumung war? Auf welchem Weg war das Essen hereinzubringen?

Der Unteroffizier biss auf die Lippen.

„Das ist dumm!... Aber zu machen ist vorerst auch nichts. Die Unseren kommen ja doch vor und werfen die Brüder hinaus. Hoffen wir es wenigstens..."

Schmalz besprach sich mit dem Leutnant. Der Leutnant war auch dafür, zunächst nichts zu unternehmen und in Ruhe abzuwarten. Nur sollte der Posten am Bunkerloch etwas vorgeschoben und verdoppelt werden.

Schramm und Nützel zogen mit Handgranaten los, nachdem sie der Leutnant dringend ermahnt hatte, jede Bewegung im Laufgraben zu verfolgen, sich selbst unsichtbar zu halten und jedes Anzeichen von Gefahr sofort im Bunker zu melden.

Der Bunker kam diesen Nachmittag noch zweimal zum Schuss. Stets mit verheerender Wirkung!

Am Abend gab es trotzdem bedrückte Gesichter.

Der Laufgraben war noch immer besetzt.

Nur ein Gesicht war sorgenlos und voller Frieden.

Der Bauchschuss hatte ausgelebt.

Die letzte Zigarette hing halb aufgeraucht zwischen den Fingern.

Es musste ein leichter Tod gewesen sein, denn die Hand mit der Zigarette war auf die Brust gesunken, wie ein müdes Blatt auf die herbstliche Erde sinkt. Ehe sie verlöschte, hatte die Zigarette ein kreisrundes Loch in den Waffenrock gebrannt, dicht über dem Herzen des toten Mannes.

6. Kapitel
Geglückter Tarock –
missglückter Ausfall!

Kein Zweifel mehr: Bunker 17 war abgeschnitten, aber er war noch nicht aufgespürt.

Nützel hatte richtig gemeldet. Noch in der Nacht erkundete der Unteroffizier Schmalz mit Biegler und Scharf die Lage. Bis auf fünf Meter waren sie an das Knie im Laufgraben gekrochen, dicht vor das dort eingebuddelte Maschinengewehr. Einen Augenblick erwog der Unteroffizier den verwegenen Plan, dieses Gewehr zu sprengen. Drei Handgranaten als geballte Ladung schafften es. Was aber dann? Schmalz gab den Plan auf und horchte weiter nach dem Klirren der Schaufeln und Spaten. Sie vertieften den Graben und verstärkten ihn behelfsmäßig. Auf einer Breite von zwanzig Meter, soweit sich das in der Nacht schätzen ließ, war auch schon ein Schnellhindernis aufgeworfen.

Nach einer Stunde kehrten die Späher wieder in die Pillenbüchse heim.

Der Regen dauerte noch immer an.

Leutnant Göbel war eingeschlafen und musste einen gesegneten Schlaf tun, denn neben der Pritsche spielten Hiesinger, Nützel und Schramm einen Tarock, wobei es wie bei einem Pferdekauf zuging.

Das große Wort führte Hiesinger. Der Sanitätsgefreite hielt sich für einen ausgemachten Schlauberger im Tarock und demgemäß seine Mitspieler für Schafsköpfe. Diesmal war Schramm an der Reihe, belehrt zu werden.

„Menschenskind... Wo hast du tarocken gelernt?... Bei mir nicht, sonst tät ich dir das Lehrgeld aus der Stelle zurückzahlen!... In der Vorhand spielt er eine Farbe an, wo ich in Mittelhand den Zehner zu zweit hab!... Das verstößt doch schon gegen den Fahneneid..."

Nun gibt es Spieler, die es gar nicht schätzen, wenn im Spiel geredet wird. Zu dieser Art gehörte Nützel.

„Halt keine Ansprachen, Schnaps!... Bei dir müssen sie auch einmal das Maul extra totschlagen... Sonst plapperst du noch im Massengrab..."

So arg unrecht hatte Nützel mit dieser Glosse nicht. Aber eben darum wurmte sie den Sanitäter.

„Na!... Ein Wort wird man wohl noch reden dürfen... Du hast dein Maul freilich bloß zum Futtern und zum Rauchen ..."

Aus dieser Behauptung Hiesingers entwickelte sich ein Zungengefecht. Der feine Ton kam dabei etwas ins Gedränge, was aber die Freundschaft weiter nicht störte.

Schramm, dem eigentlich die Belehrung zugedacht war, hatte sich um Hiesingers Eifer nicht im Mindesten gekümmert. Er grinste nur und hieb jetzt derb auf den Kistendeckel.

„Wollt ihr streiten, oder wollen wir spielen?... Der Sanitäter redet viel, wenn der Tag lang ist... Ich hab aber dafür zwei Ohren..."

Der Tarock ging weiter unter vielem Fluchen, Kopfkratzen und kleinen Versuchen, zu mogeln.

Als der Sanitäter ein großes Spiel verlor, führte er darüber eine Szene auf, die seine Begabung zum Heldenvater außer alle Zweifel setzte. Erst sah er ganz verblüfft die Mitspieler an, dann zählte er seine Stiche dreimal nach und geriet in ein immer schnelleres Kopfschütteln. Das Spiel war und blieb mit elf Augen verloren. Worauf der Gefreite einen Seufzer zum Besten gab, der aus der großen Zehe aufstieg, und die Hände über dem Kopf zusammenschlug wie einer, dem sie das Haus angezündet haben.

Dieses Händeringen fiel etwas zu lebhaft aus. Hiesingers Hände stießen an einen harten Gegenstand, den sie wegschieben wollten. Es waren aber die Stiefel des Toten. Steif streckte sich der stille Kiebitz auf der Pritsche. Eine Zeltbahn verhüllte das Gesicht. Diese Begegnung ernüchterte den verzweifelten Sanitäter. Stummer Hohn sprach da von ganz andern Verlusten, als es der Verlust eines Grünsolos ist.

An Aufhören dachte trotzdem keiner. Schramm stupste den Sanitätsgefreiten.

„Mach weiter, Schnaps!... Die Nacht geht rum... Es wird auch bei dir wieder anders... So bombenfest, wie du geglaubt hast, war das Solo übrigens gar nicht..."

War Hiesinger nun doch aus dem Gleis gebracht oder wollte er das Glück zwingen: Er saß auf einmal in einem schauderhaften Pech und zahlte jedes Spiel. Schramm und Nützel feierten auch dieses Fest, wie es fiel, und rechneten vergnügt aus, wie der Gewinn beim Marketender und in der Kantine anzulegen sei. Für drei Mark fuffzig, sagte sich Nützel, baust du einen Abend zusammen, der dich wieder einmal richtig aufpulvert. Und das Schönste: Der Sanitäter zahlte den Jux.

Die Laune Hiesingers wurde durch die Pechsträhne nicht besser. Es ist eine schwere Kunst, mit Anstand zu verlieren. Der Sanitätsgefreite hatte sie nicht heraus. „Hat der Teufel schon die Kuh geholt, dann soll er auch den Strick noch holen... Ich will's euch zeigen..."

Zeigen konnte Hiesinger aber nur, dass sich im Spiel nichts erzwingen lässt. Er verlor und verlor, was er auch ansagte, und haderte mit Gott und der Welt in recht unsanften Ausdrücken.

Über dem Radau wachte Leutnant Göbel auf. Er rieb die Augen und besann sich erst eine Weile, wo er eigentlich war. Dann zog er seine Uhr zu Rate, die er in einem Lederband am rechten Handgelenk trug. Die mattleuchtenden Zeiger wiesen 3.35 morgens. Fast fünf Stunden hatte er demnach geschlafen und fühlte sich auch frisch und gekräftigt. Bei einer hastigen Wendung brannte es aber in der Hüfte wie Feuer und mahnte den Leutnant an seinen Schenkelschuss.

Der Unteroffizier erstattete Bericht über die nächtliche Erkundung.

„Wir sind in der Falle, Herr Leutnant... Die Trichter vor und links von uns sind besetzt...

Das wäre weiter noch nicht schlimm... Aber sie hocken auch im Laufgraben... Fünfzig Meter rechts vom Bunker ist ein Maschinengewehr eingebaut..."

Diese letzte Meldung gefiel dem Leutnant gar nicht. Auch die Spieler, die bisher unbekümmert weitergedroschen hatten, machten Pause und horchten auf. Leutnant Göbel knabberte an einem Daumennagel.

„Das ist eine verdammte Sache, Unteroffizier!... Tun lässt sich aber vorläufig nichts... Ich rechne aber stark mit unserm Gegenangriff..."

Als hätte es nur dieses Stichworts gebraucht, platzte der Freiwillige Biegler in die Spannung. Er war Posten am Bunkerloch. Biegler wandte sich an den Unteroffizier. Den Leutnant sah er gar nicht erst.

„Unsre greifen an!... Sie sind höchstens noch zwanzig Schritt hinter dem Bunker..."

Ohne seiner Verletzung zu achten, sprang Leutnant Göbel auf. Er knickte auf dem linken Fuß ein und hielt sich an der Pritsche fest.

Eine harte Linie sprang von der Nasenwurzel zu den Mundwinkeln.

„Jetzt oder nie, Leute!... Wenn wir noch einmal aus dem Loch kommen wollen, haben wir in diesem Augenblick vielleicht die letzte Chance...Unteroffizier, nehmen Sie alle Leute zusammen!...Bis auf einen, der an unserem Gewehr bleibt!...Sie wissen: Das eingebaute Maschinengewehr im Laufgraben!...Es muss verschwinden..."

Schmalz dachte an seinen Plan aus der Nacht vorher. Jetzt war die Ausführung nicht nur möglich, sie war verlockend und notwendig. Er beließ Scharf am Gewehr und wollte Nützel zur Unterstützung Scharfs bestimmen. Der Leutnant kommandierte jedoch sich selbst zu dieser Unterstützung. Die paar Schritte müsste es eben gehen. Jeder sah. dass sich Leutnant Göbel nur unter Aufgebot aller Kraft auf den Beinen hielt.

Der Unteroffizier teilte seine Mannschaft ein. Er und Nützel sollten voraus. Schramm und Biegel dichtauf folgen. Jeder versah sich reichlich mit Handgranaten, Nützel und der Unteroffizier auch mit je einer geballten Ladung.

Draußen herrschte diesige Dämmerung, jenes Unentschieden zwischen Nacht und Tag, das jedem Sonnenaufgang vorausgeht. Feiner, feuchter Dunst nebelte um die Dinge und lockerte jeden scharfen Umriss.

Der deutsche Gegenangriff war in zähem Fluss. Wütendes Feuer aus Geschütz und Gewehr hemmte ihn. An zwei, drei Stellen stiegen aus der deutschen Linie grüne Raketen hoch, ein Zeichen, dass die eigene Artillerie hinter dem Sturm herhinkte und das Vorgehen durch zu kurzes Feuer abriegelte.

In der Höhe des Bunkers stockte der Angriff ganz. Das Maschinengewehr im Laufgraben!... Es fächerte den Raum auf hundert Meter Breite ab und verschloss selbst die engste Lücke zum Durchschlüpfen. Unteroffizier Schmalz war an der Spitze seines kleinen Stoßtrupps aus dem Bunker gekrochen und verhielt nun auf halbem Weg. Neben ihm presste sich Nützel hart an die

Grabenwand. Schramm und Biegel folgten so dicht auseinander, dass ihre Nasenspitzen an die Absätze von Schmalz und Nützel stießen. Eintönig leierte das Maschinengewehr aus dem Laufgraben. Höchstens zwanzig Meter war die Entfernung bis zu seinem Standort. Köpfe und Schultern der beiden Schützen hinter dem Gewehr waren deutlich zu erkennen. Sie kehrten fast den Rücken her und hatten nur Augen für das Geschehen vor ihnen.

Nur den Bruchteil einer Sekunde dachte der Unteroffizier nach. Alles hing ab von der schnellen Überrumplung. Das Maschinengewehr musste erledigt sein, bevor es in die neue Richtung schwenken konnte.

Ein Augenwinken zu Nützel, ein Zeichen der rückwärts gestreckten Hand, und lautlos stürzte der Stoßtrupp auf das Maschinengewehr los.

Fünf Meter vor dem Knie des Laufgrabens schleuderte der Unteroffizier die erste Handgranate.

Wenn einer halbzölliges Blech von oben bis unten durchreißt, mag ein ähnlich kreischender Ton entstehen.

Der Granate des Unteroffiziers folgte sofort ein Wurf Nützels, sehr gut berechnet und haarscharf neben dem Maschinengewehr einschlagend. Die geballten Ladungen vollendeten den Handstreich.

Das Maschinengewehr schwieg.

Neben Nützel und dem Unteroffizier erschienen feldgraue Gestalten. Sie hatten den Augenblick erfasst und rannten atemlos dem Laufgraben zu.

Dort war alles in Verwirrung. Der plötzliche Überfall von der Seite kam zu rasch und unerwartet und dazu aus einer Richtung, die Widerstand beinah aussichtslos machte.

Mit einem Sprung waren Nützel und der Unteroffizier am verstummten Maschinengewehr. Halb ausgeschossen hing noch der Geschoßgurt in der Führung. Ein rascher Blick, drei, vier sachkundige Griffe - das Gewehr war herumgerissen und spie den schnurgeraden Laufgraben entlang. Halten war hier nicht mehr möglich. Was von der Besatzung fliehen konnte, floh Hals über Kopf. Was liegenblieb, war tot oder verwundet.

Der Stoßtrupp vom Bunker 17 richtete sich im Laufgraben ein. Nützel legte sich hinter das erbeutete Gewehr, das nun zur Feindseite gedreht war.

Unteroffizier Schmalz schneuzte sich gründlich.

„Das hätten wir geschafft, Männer!... Keine drei Minuten hat's gedauert... Nun heißt es aber, die Lage ausnützen!... Schramm geht in den Bunker und meldet sich beim Leutnant zum Essenfassen ab!... Nimm nur alle Fresskober mit, die bei der Hand sind!..."

Diese Anordnung fand Nützel vortrefflich. Er munterte den neben ihm liegenden Schramm zur Eile an.

Diese Eile war auch geboten, denn drüben hatten sie sich von der Überraschung erholt. Verdammt gut gezielt, schlug Vergeltungsfeuer herüber. Aus dem nächsten

Trichter kam ein recht verdächtiger Abschuss.

Der Unteroffizier schaute scharf hin. Mit beinah gutmütigem Gurgeln schraubte sich ein dunkles Ding in die Luft, wackelte auf dem erreichten Scheitelpunkt ein paar Male hin und her, als müsste es sich auf etwas besinnen, und stürzte dann pfeilschnell aus der Höhe. Ein betäubendes Krachen und ein mächtiges Loch an der Einschlagseite waren die letzten Wirkungen.

„Eine Flügelmine!" krähte Nützel dem Unteroffizier hinüber. Der Unteroffizier runzelte die Stirn zu der wenig angenehmen Überraschung. Es blieb aber wenig Zeit für Stirnrunzeln und ähnlich geistige Vergnügungen.

Mit jedem Schuss wurde das Minenfeuer aus dem Trichter lästiger. Auf die Viertelstunde war auszurechnen, wann der Graben vor diesem heimtückischen Feuer geräumt werden musste. Heimtückisch und hinterhältig: So hieß das allgemeine Urteil über das Minenschießen!

So ein Blechkübel von Manneslänge schunkelte spaßhaft gurgelnd bis zu einer bestimmten Höhe. Dem Aufstieg mit bloßem Auge zu folgen, war gar nicht schwer. Dann aber wurde es lebensgefährlicher, als es sonst im Krieg zu sein pflegt. Das Wackeln auf dem erreichten Scheitelpunkt verwirrte jedes Richtungsgefühl. Die Gefahr, auf die Einschlagstelle hinzulaufen, war nie ausgeschaltet, weil der Einschlag mit einer vervielfachten Geschwindigkeit des Aufstiegs geschah. Jeder Mann im Graben wusste das, und in jedem kochte die gleiche Wut über den Minenwerfer.

Was aber dagegen tun?

Ein Halbdutzend Handgranaten hätten ja genügt. Doch für einen sicheren Wurf war die Entfernung zu weit. Die deutsche Artillerie merkte entweder nichts von dem unliebsamen Störenfried, oder sie fürchtete, in die eigene Linie zu treffen.

Die Lage wurde bedenklich, zumal sie sich drüben zum Vorstoß fertigmachten. Immer näher kam das Minenfeuer dem Graben.

Eine Mine hatte schon mitten hineingeschlagen. Ein Bleiben gab es an diesem Fleck nicht länger.

Die Bunkerleute dankten es nur dem Knick im Laufgraben, dass sie nicht mitbetroffen wurden. Sie zogen sich aber doch einige Meter dichter an ihren Betonklotz heran.

Nützel stieß den Unteroffizier an.

„Es wird mulmig, Korporal!... Da drüben brauen sie was zusammen..."

Die Antwort gab ein Schlag, der durch alle Knochen schütterte. Splitter und Erdklumpen flogen den Männern um Nasen und Ohren, und eine Welle von feuchtem Dreck spülte über sie weg.

Das hatte noch gefehlt! Ein schwerer Zuckerhut von jenem Kaliber, das ganze Gräben in Gräber verwandelt, war vor ihnen eingeschlagen. Aus der Sprengwolke lösten sich Gestalten. Sie hetzten in langem Sprung heran. Im Feuer versackte der Angriff. Etwas Ruhe trat ein. Auch der Minenwerfer hatte seine Tätigkeit eingestellt. Nach dem Warum fragte keiner. Dem Soldaten genügt die Tatsache.

Hinter den Bunkerleuten kroch Schramm vorbei. Er klapperte munter zu Nützel und dem Unteroffizier hin und schwenkte seine Feldkessel.

„Servus, Nützel!... Servus, Korporal!... Servus, Freiwil¬liger !... Treibt's gut!..."

Das runde, sehenswert schmutzige Gesicht lachte noch einmal und wies die prächtigen Zähne her. Dann verschwand Schramm im Darm des Laufgrabens.

Der Tag war voll angebrochen. Er versprach nach dem Regen wieder hellsten Sonnenschein.

Besorgt suchte der Unteroffizier den Morgenhimmel ab. Nützel wusste, was dieses Suchen zu bedeuten hatte.

„Es dauert nimmer lang, Korporal!... Der Gustl hat zwei Tage feiern müssen... Das holt er heut sicher nach..."

Eine halbe Stunde verstrich ohne anderes Ereignis als das übliche Feuer.

Dann aber mengte sich in den gewohnten Kampflärm ein neuer Ton - ein Knattern und Rumpeln, ein hartes Stampfen und Stoßen, ein Fauchen und Ächzen, das wie aus einer Metalltrompete klang.

Zwischen den Trichtern, fünfzig Meter rechts vom Laufgraben und dem Laufgraben selbst, keuchte ein stählernes Ungetüm aus allen Ventilen. Der Tank stampfte im Zickzack heran, wendete gegen den Laufgraben und ließ alle Schlünde spielen.

Und da war auch schon der Flieger!

Er brauste in zehn Meter Höhe hinter dem Tank vor und bestrich den Graben der Länge nach mit Maschinengewehrfeuer.

Vereinzelt huschten Leute aus dem Graben und suchten rückwärts Deckung. Die meisten wichen im Graben aufwärts, gegen das Knie zu, wo die Bunkerleute hinter ihrem Beutegewehr lagen.

An dieser Stelle knäulte sich der Haufen und bot dem Flieger ein Ziel, das nicht zu verfehlen war.

Unteroffizier Schmalz sprang auf und schrie in den Haufen, was die Stimme nur hergab: „Mir nach!... Mir nach!..."

Noch für manchen wurden die vierzig Meter bis zum Unterstand der Todesweg. Als endlich der letzte Mann im Bunker geborgen war, kreiste der Flieger wohl zehnmal über der Stelle, wo sich ihm seine Opfer so plötzlich und geheimnisvoll entzogen hatten.

Außer den Leuten der alten Besatzung konnten sich noch vier Mann in den Unterstand retten, zwei davon verletzt. Einer davon war ein junger Khakimann aus Kanada.

Bunker 17, vier Schritt lang, drei Schritt breit, hatte nun eine Besatzung von elf Köpfen. Sie bestand aus einem Toten und zehn Männern im Fegefeuer, drei darunter verwundet.

Sie haben ihn entdeckt. Die Zunge am Gaumen Roch strebte die Sonne ihrer Mittagshöhe zu, da schien sie auch schon in den wiederbesetzten Laufgraben. Der Weg war zum zweiten Male verrammelt. Schlimmer noch: Bunker 17 war entdeckt!

Dreimal kehrte der Flieger an die Stelle zurück, wo die Bunkerleute im Erdboden verschwunden waren. Er kreuzte dicht über dieser Stelle und schnüffelte jede Falte des Geländes aus. Endlich schien er seiner Sache sicher und strich ab.

Seit einer Stunde wuchtete Geschütz- und Minenfeuer auf die Gegend um den Bunker und stülpte eine Feuerglocke über den Betonklotz. Die Abschnürung war vollständig. Zu allem Glück saßen vorerst nur wenige Treffer. Der regenschwere Boden saugte einen guten Teil der Sprengwirkung ab.

Weitere Hilfe kam von der eigenen Artillerie. Sie hielt den Laufgraben und die benachbarten Trichter unter einer mörderischen Kanonade und erstickte jeden Versuch eines Vorstoßes im Keim.

Der Unterstand war voll wie ein Heringsfass. Auch roch es darin nicht viel besser. Zehn Männer teilten sich in den Raum von drei mal vier Metern. Jeder rauchte und trug nach Kräften zur Verdickung der Luft bei. Der süßlich scharfe Opiatgeruch indischen Tabaks drängte sich vor die andern Düfte.

Dieser Geruch quoll aus einer Zigarette, die der Kanadier rauchte, ein junger, schöngewachsener Riese, der geweckt aussah. Er war glänzend angezogen und ausgerüstet. Das volle, runde Gesicht sprach von nahrhafter Kost und stach sonderbar ab von den schmalen, ausgemergelten Gesichtern der Bunkerleute.

Der Khakimann hatte einen Schuss durch beide Wangen. In-folge dieses Schusses war die untere Gesichtshälfte geschwollen und glich einer wohlgeratenen Dampfnudel.

Hiesinger fand wieder einmal Anlass, den Lauf der Welt zu bestaunen. Er stellte einen glatten Durchschuss fest ohne die geringste Verletzung von Kiefern, Zähnen und Zunge, verband den Kanadier und nahm ein strahlendes, wenn auch nur halbgelungenes Lächeln dafür in Empfang.

Die rastlose Wissbegierde des Sanitäters erwachte, doch gelang die Anknüpfung eines Gespräches vorbei. Der Kanadier verstand kein Deutsch und Hiesinger kein Englisch außer sechs Wörtern, die sich aber alle sechs nur aus Ess-, Trink- und Rauchbares bezogen.

Loswerden musste der Gefreite seine Gefühle, und weil der Unteroffizier danebenstand, richtete er das Wort an ihn.

„Diese Tommies sind stramme Burschen... Kunststück bei dem Fraß!... Aber maulfaul wie die Stockfische!... Der da ist aus Kanada... Wenn mit dem Siebenmonatskind ein vernünftiges Wort zu reden wär, möcht ich ihn was fragen... Weißt du was, Korporal?... Ich tät ihn fragen, warum er fünftausend oder noch mehr Meilen mit dem Schiff fährt, bloß, damit sie ihm ein Loch ins Gesicht schießen... So dumme Luder wie das sind!..."

Zu einer Antwort kam der Unteroffizier nicht, weil ihn Leutnant Göbel zu sich winkte.

Der Leutnant wollte den Kanadier verhören. Unteroffizier Schmalz führte den Mann her, doch gelang es auch dem Leutnant nicht, ein Gespräch anzukurbeln. Der brünette Riese, einen guten Kopf über alle andern ragend, schüttelte nur die Ohren und zeigte auf seine Wunde. Gegen das Durchsuchen der vielen, höchst praktisch angebrachten Taschen seiner Uniform sträubte er sich nicht. Er half dabei sogar selbst mit.

Tabak, Zigaretten, Schokolade, Notizbuch, Bleistifte, eine Taschenapotheke, eine elektrische Zwerglampe und eine längliche Dose mit grauer Salbe: Diese Schätze wurden an den Tag des Bunkers gefördert. Bis auf das Notizbuch und die Lampe erhielt der Besitzer alles wieder zurück.

Leutnant Göbel steckte die Lampe ein und blätterte im Notizbuch, stieß aber nur auf Adressen und Entwürfe zu Briefen. Der Mann war kaum mehr als ein harmloser Überläufer. Die Lampe musste ihm trotzdem abgenommen werden. Es lag darin die einzige Gewähr, dass ihm nachts nicht der Gedanke kam, Lichtzeichen zu geben.

Im Augenblick gab der Kanadier Zigaretten und Tabak aus. Er tat es mit einem Grinsen, das durch die Wunde und den dicken

Kopfverband zu einer lustigen Grimasse wurde.

Die Gabe war durchaus willkommen, und keinen bewog etwa falsche Scham, sie abzulehnen.

Der Unteroffizier stopfte die Pfeife, so fest es nur ging, und fand einen erheblichen Unterschied zwischen dem deutschen Kommisstabak, Marke Bergfrei, und dem prachtvollen Kraut des Khakimannes. Nützel, Hiesinger und Scharf zwickten die Augen ein und röhrten fast vor Entzücken über den Genuss ihrer Zigaretten, welchem Genuss der Sanitäter nachdenksamen Ausdruck lieh.

„Die Brüder drüben lassen sich nichts abgehen... Das ist nicht wie bei uns armen Leuten... So einen Sargnagel rauchen sie bei uns nur vom Major aufwärts... Bei dem Kraut brauchst du auch keine Gasmaske...."

Gedankensplitter von dieser und ähnlicher Art verfertigte der Sanitäter noch eine ganze Anzahl und streute sie im Bunker freigebig aus. Gedankensplitter sind keine Granatsplitter, können deshalb aber ins

Schwarze treffen, was bei den meisten Gedankensplittern des Sanitätsgefreiten auch zutraf. Soviel aufmerksame Zuhörer hatte Hiesinger schon lange nicht mehr um sich gehabt, ein kräftiger Ansporn für ihn, munter drauflos zu reden. Sein gesegnetes Mundwerk gewann sich neue Bewunderer.

Einer der drei Deutschen, die mit in den Bunker gekrochen waren, konnte kaum den Blick von den Lippen des Sanitäters lösen. Andacht und Ungeduld stritten sich in diesem Blick.

Endlich legte Hiesinger eine Pause ein. Der Mann des andächtig-ungeduldigen Blicks nahm das Wort und fragte bündig, ob der Herr Gefreite etwa einen Gansafter gespeist hätte, weil es gar so glatt bei ihm herauskomme. Ginge der Stuhl wie das Maul, dann wäre eine Verstopfung ausgeschlossen. Das sagte der Mann ruhigen Gesichts, aber in einem Ton, der eine schöne Fülle spitziger Wendungen verhieß.

Nun war der Sanitäter ein streitbares Gemüt und zudem ein wenig eitel auf seine

Rednergabe. Er beschloss, dem jungen Gockel, der da so frech zu krähen wagte, das Gefieder abzustauben. Dazu öffnete er auch bereits den Mund.

Weiter kam er jedoch nicht. Sein Widersacher packte ihn einfach beim Ärmel und zog ihn zur Pritsche.

Dort saß auf einem Munitionskasten, den Kopf an den hölzernen Pritschenrand gelehnt, ein kleiner, schmächtiger Mensch mit einem so winzigen Gesicht, das; es von einer Männerhand zu bedecken war. Der Mann wimmerte leise und drückte eine Hand gegen die rechte Brustseite.

Alles war für Hiesinger vergessen und vergeben. Er bückte sich zu dem Verwundeten und sah die Verletzung nach. Dann kehrte er sich seinem Kritiker von vorhin zu.

„Mensch!... Warum hast du mich nicht früher hergeführt!... Das lange Luder aus Kanada hätte bequem warten können... Der Kamerad hat ja einen schlimmen Brustschuss..."

Ein Achselzucken war die Entgegnung.

Wurde einmal seine Hilfe benötigt, so war der Sanitätsgefreite wie ausgewechselt, nur auf praktisches Handeln aus und dabei wortkarg wie eine gute Hausfrau am großen Scheuertag.

Die Pritsche war belegt, unten mit dem Leutnant, dem sein Hüftschuss das Klettern unmöglich machte, oben mit dem Toten, dessen steif ausgestreckte Figur in den Tabakswolken fast verschwand.

Hiesinger wusste Rat. Er rief nach Scharf und Nützel.

„Helft mir mal den dort oben umgruppieren!... Der Platz wird für den kleinen Kameraden da gebraucht..."

Es kostete Schweiß und Mühe, den schweren Leichnam von der Pritsche zu heben. In einer Vertiefung des Bunkers, Gesicht gegen die Betonwand, wurde der Tote untergebracht. Von den Hüften ab ragte er aus der Grube und saß halbaufgerichtet da wie ein ägyptisches Steinbild.

Leicht machte sich dafür die Lagerung des kleinen Soldaten mit dem Säuglingsgesicht.

Nachdem der Sanitäter die Brustwunde gereinigt und verbunden hatte, nahm er das Kerlchen in die Arme und hob es auf die obere Pritsche. Wie Porzellan behandelte Hiesinger seinen Schützling. Dadurch errang sich der Gefreite den ehrlichen Beifall seines früheren Widerparts. Dieser meinte, von ihm aus sei Hiesinger ein sehr brauchbarer Mensch, der außer dem Mundstück noch verschiedenes andere auf dem rechten Fleck hätte. Wenn es dem Sanitäter Spaß mache, sollte er bis zur Auferstehung alles Fleisches erzählen, denn Unterhaltung müsste sein.

Nach getaner Arbeit war der Sanitätsgefreite Hiesinger stets zum Reden aufgelegt. Aber wie alle Menschen, die viel plaudern, scheute er die Ironie, soweit sie nicht von ihm selber stammte. Auch behagte ihm die scharfe Mundart des andern nicht.

Und schließlich: Reden macht Durst!

Von den sieben Plagen des Mannes im Graben - Hunger, Durst, Dreck, Ratten, Kälte, Nässe und Läuse! - ist der Durst die schlimmste Plage. Drei oder vier Tage hungern ficht keinen besonders an. Doch auch nur einen halben Tag nichts trinken, macht die Zähesten mürbe.

Der Bunker hatte die Temperatur eines Bügelzimmers, jene trockene, dürre Hitze, die Durst und wieder Durst ausbrütet.

Jede Feldflasche klang aber hohl, wenn daran geklopft wurde, und vergeblich blieb alles Schütteln. Kein verheißungsvolles Gluckern tönte zurück.

Wasser befand sich nur noch im Kühler des Maschinengewehrs und Schnaps in der Sanitätsbuddel des Gefreiten. Davon zu trinken, fiel aber niemand ein, denn dieses Wasser und jener Schnaps mussten für äußerste Notfälle gespart werden.

Scharf, der Schütze am Gewehr und die durstigste Seele im Unterstand, fauchte Nützel nicht schlecht an, weil Nützel eine schüchterne Andeutung auf das Kühlwasser wagte.

„Freilich!... Du bist wohl plemplem, Scheps?... Du säufst jetzt das Wasser, und ich kann auf meinem Gewehr dann Kaffee mahlen, aber nicht mehr schießen... Wie stellst du dir das eigentlich vor?"

Nützel stellte sich nun gar nichts vor, weder eigentlich noch uneigentlich. Aus ihm sprach ganz einfach der Durst, und der kennt nur eine Vorstellung: trinken!

„Was bellst du deswegen so?... Ich hab nur gedacht, bevor es verdunstet..."

Sehr missmutig schlich dieser Nachmittag vorbei. Die Leute hockten niedergeschlagen im Bunker herum, schnappten nach Luft und rauchten verzweifelt, um den Speichel im Fluss zu halten. Das bändigte wenigstens den ärgsten Durst. Sie waren alle maulfaul, sogar der Sanitäter.

Die leise Hoffnung, der Essenholer Schramm könnte doch noch kommen, wurde zuletzt auch aufgegeben. In einem Fluch, der halb als Seufzer kam, begrub Nützel diese Hoffnung.

„Der Schramm kommt nicht durch... Und dann liegt mir auch gar nichts am Fraß... Was andres bringt er aber doch nicht mit..."

Hiesinger raffte sich zu einer Antwort auf.

„Wirst leider Recht haben, dass der Schramm nicht durchkommt! ... Teufel noch eins: die Hitze!... Und nichts zu saufen!... Die paar Tropfen Schnaps in der Buddel sind für die Verwundeten... Uns täten sie doch nichts helfen, höchstens den Durst noch ärger machen..."

Einen sehnsüchtigen Blick schickte Nützel trotzdem nach der stattlichen Labungsflasche. Er schmatzte sogar über den Anblick.

„Du kennst mich, Schnaps, und weißt: ein Heulmeier war ich nie... Aber der Durst kann mir elend an... Einmal, auf dem Toten Mann bei Fertuhn wars!... Auch so eine saubere Stellung!... Da haben wir fünf Tage nichts zwischen die Zähne bekommen... Mein Magen brüllte... Das war aber gar nichts gegen den Durst... Damals hab ich gelernt, wie man sich selber anzapft und das Wasser im Bauch zweimal trinkt..."

Zu dieser zeitgemäßen Erinnerung nickte Hiesinger nur. Das Gespräch schlief ein.

Im schwindenden Tageslicht stießen zwei stärkere Trupps gegen den Unterstand vor, blieben jedoch im Feuer zehn Schritte vor dem Betonklotz liegen.

An der Niederhaltung dieses Angriffs hatte sich der Schütze Scharf lebhaft beteiligt, meldete aber nun, das Wasser im Kühler gehe zu Ende, und an Munition seien auch schon die zwei letzten Gurte bereitgelegt.

Es musste etwas geschehen.

Auf die Ablösung, die nach Mitternacht fällig war, durften sich die Bunkerleute nicht ausschließlich verlassen.

Leutnant Göbel besprach sich mit dem Unteroffizier.

„Sie müssen zurück, Unteroffizier!... Müssen unter allen Umständen eine Verbindung herstellen!..."

Dem Unteroffizier gefiel dieser Auftrag nicht sehr. Er sträubte sich auch und berief sich auf den verbrannten Befehl.

Der Leutnant sah Schmalz fest, aber nicht unfreundlich an.

„Hören Sie mal, Unteroffizier Schmalz!... Ich will gar nicht erst davon reden, dass dieser Bunker unter meinem Kommando steht... Dass Sie bei Ihren Leuten bleiben wollen, begreife und achte ich... Sie tun es aus Kameradschaft... Aber ihre Kameradschaft beweisen Sie augenblicklich am besten, wenn Sie auf dem schnellsten Wege Hilfe bringen... Wie es steht, und woran es fehlt, wissen Sie ja..."

Der letzte Hinweis des Leutnants ging beim Unteroffizier schon ein, aber er schwankte immer noch.

„Herr Leutnant könnten wohl keinen andern Mann beauftragen?... Ich möchte bei der Ablösung da sein..."

Leutnant Göbel verstand die Gründe einer Weigerung, die gar keine war, weil der Unteroffizier seinen Posten ja nur befehlsgemäß bis zur Ablösung halten wollte und, streng genommen, auch halten musste. Er berührte leicht den Arm des Unteroffiziers.

„Gehen Sie zurück, Unteroffizier, und melden Sie, wie es um den Bunker bestellt ist!...

Einen andern möchte ich nicht schicken ... Und weil Ihnen soviel an einer schriftlichen Anweisung liegt, werde ich Ihnen einen Ausweis mitgeben, der jeden Zweifel behebt, warum Sie den Bunker vor der Ablösung verlassen haben..."

Ohne weiteres Wort fügte sich der Unteroffizier.

Leutnant Göbel zog aus der Meldetasche einen Block und schrieb beim matten Kerzenschimmer den versprochenen Ausweis. Dann faltete er eine Karte des Kampfabschnittes auseinander und winkte den Unteroffizier heran.

Kopf bei Kopf suchten sich Leutnant und Unteroffizier in der Karte zurecht. Das Gewirr von Strichen und Linien war nicht ganz leicht zu enträtseln. Der Finger des Leutnants fuhr einige Linien nach und blieb auf einem Punkt hasten, der rot angekreuzt war.

„Hier hätten wir den Bunker 17, Unteroffizier... Wir liegen vor der ersten Linie... Hier ist die Artillerieschutzstellung und hier - merken Sie sich den Punkt gut! - die

Befehlsstelle des Kampfabschnitts... Bis dahin dürfte es ungefähr ein Kilometer sein, eher etwas weniger... Wie die einzelnen Stellungen besetzt sind, kann ich natürlich nicht sagen... In der Karte ist der Stand von gestern mittag eingezeichnet... Inzwischen hat sich aber wohl allerlei geändert... Ja, wenn der Laufgraben noch frei wäre!... Soweit sich die Dinge überschauen lassen, ist es am besten, Sie nehmen Ihren Weg auf die Artillerieschutzstellung, also gerade aus zurück... Es wird kein leichter Weg sein, Unteroffizier... Nehmen Sie sich einen zuverlässigen Mann mit!..."

Schnell dachte der Unteroffizier nach, wen er mitnehmen sollte. Scharf? Das ging nicht. Scharf war der einzige vollausgebildete Schütze am Gewehr. Den Bunkersäugling Biegler? Der sah nicht gut und besaß noch zu wenig Erfahrung. Blieb also nur Nützel, und bei dieser Wahl beließ es der Unteroffizier.

Es war beileibe kein Ausflug, was sie vorhatten. Aber Nütze! tat, als ginge es am Sonntagnachmittag ins Grüne. Die Aussicht,

Trinkbares zu ergattern, machte ihn äußerst vergnügt.

Die zwei Kundschafter, an deren Mut und Findigkeit das Schicksal des Bunkers hing, waren in wenigen Minuten marschfertig.

Unteroffizier Schmalz bat sich vom Leutnant nochmals die Karte aus und führte auch Nützel in das Geheimnis der Striche und Linien ein.

Die Zeit drängte.

Leutnant Göbel klopfte dem Unteroffizier auf die Schulter.

„Ich rechne bestimmt auf Sie, Unteroffizier Schmalz!... Spätestens morgen Abend um diese Zeit!... Sie müssen Glück haben, denn Ihr Glück ist auch unser Glück... Wiedersehen morgen Abend also...!"

Der ganze Bunker drängte sich um Nützel und den Unteroffizier. Jeder schüttelte ihnen die Hand, Scharf dem Unteroffizier ganz auffallend lang, und Hiesinger hielt die Abschiedsrede.

„Kommt bald wieder alle zwei!... Damit unser Verein auch vollzählig bleibt und geschlossen ins Quartier abrückt!... Und bringt was zu saufen mit!... Je mehr, desto besser!..."

Alle schlossen sich begeistert dieser Bestellung an. Auch der Kanadier klopfte sich den Schlund und machte die Gebärde des Flaschenhebens.

Noch einmal sah sich Unteroffizier Schmalz im Bunker um. Er nahm von jedem einzelnen Stück eigens Abschied. Zuletzt traf sein Blick den alten, ausgeprobten Spirituskocher.

Dann rief er Nützel. Beide schlossen aus dem Bunker.

7. Kapitel
Schleichgang im Mond.
Zwischenspiel im Trichter

Hell und heiß lag die Nacht über dem Trichterfeld. Stern reihte sich an Stern zur Perlenschnur und schmückte die Stirn dieser Nacht, einen weitgewölbten, heiteren Himmel.

Unteroffizier Schmalz und sein Begleiter waren gar nicht entzückt von dieser schönen Nacht.

Musste unbedingt jetzt der Mond scheinen, als würde er dafür gut bezahlt?

Jedes Ding warf in diesem Licht einen dreifach vergrößerten Schatten. Nützel und der Unteroffizier hatten aber wenig Lust, ihre Schatten zu sehen oder sehen zu lassen.

Aus dem Bunker waren sie glücklich geschlüpft, obwohl nur zehn Schritt entfernt der fremde Posten saß. Er war aber wohl schwärmerischen Gemütes, weil er nichts sah und hörte.

Hinter dem Bunker fing das Elend an.

Nur ein Maulwurf konnte sich bei dieser Helle unbemerkt durchwühlen, und auch ein Maulwurf hätte an seiner Arbeit kein Vergnügen gehabt, so scheußlich roch die Gegend.

Nicht umsonst hatte die Sonne einen ganzen Tag auf das Trichterfeld gebrannt. Der leiseste Luftzug brachte Düfte mit, die aus den Magen gingen, einen Dunst des Todes, gebraut aus allen Säften der Verwesung.

Eine solche Duftwelle flutete eben heran, stärker noch zum Erbrechen reizend als alle Wellen bisher.

Wo lag das tote Pferd, das auf diese Art dem Jammer schuldloser Kreatur durchdringenden Ausdruck verlieh?

Die widerliche Welle traf die Nase des Unteroffiziers etwas von rechts. Dort musste die Artillerieschutzstellung sein.

Meter um Meter schoben sie sich ins Trichterfeld hinein, immer dem Geruch des toten Pferdes entgegen. Dieser Wegweiser war verlässlicher als jede Karte. Manchmal wussten sie nicht, wohin die Nase drehen, so grauenhaft stank es.

Den Bunker hatten sie bereits hundert Meter im Rücken. Sie mussten bald auf die erste Stellung stoßen.

Nützel, der lautlos neben dem Unteroffizier herglitt, sackte plötzlich in den Boden. Unwillkürlich duckte der Unteroffizier nach. Sie lagen in einer niedrigen Mulde, anscheinend dem Überbleibsel einer zerstörten Sappe.

Keine zwanzig Schritte vor ihnen wurde eine Gestalt sichtbar, eigentlich nur eine halbe Gestalt, denn von den Hüften ab steckte der Mann in einem Graben. Der flache Stahlhelm und der Umstand, dass er den Rücken herzeigte, sagten alles.

Die erste Stellung war von den andern besetzt. Ob ganz, ob nur zum Teil und in welcher Ausdehnung, blieb fraglich. Aus der Beschießung ließ sich auch nichts folgern. Es war das gewöhnliche Störungsfeuer.

Umkehren?... Auf keinen Fall!

Durch mussten sie. Ein Loch würde sich schon finden.

Der Unteroffizier kroch einige Meter zurück und zog sich dann scharf nach rechts hinaus. Einmal war der Graben doch zu Ende und der Posten umgangen.

Dieses Ende schien aber irgendwo in der Nacht zu liegen. Eine halbe Stunde und länger krebsten sie schon hinter der besetzten Stellung. Wieder ein Posten!... Noch einer!... Ein dritter!...

Gut war nur, dass sie nicht aus der Verwesungsspur des toten Pferdes kamen. Die Hauptrichtung hielten sie immer noch ein. Ein Trichter nahm beide zur Schnaufrast auf.

Nützel schlenkerte die Schweißtropfen von der Stirn und wisperte mit dem Unteroffizier.

„Vor drei Wochen sind wir hier eingesetzt gewesen... Eine arg üble Kante, Korporal!... Ich habe die Stellung noch ziemlich im Gedächtnis... Wenn mich nicht alles täuscht, sind wir schon ein Stück zu weit rechts... Bei dem letzten Posten muss ein Stichgraben sein... Ob er freilich noch da ist, weiß nicht mal der Große Generalstab..."

Der Unteroffizier überlegte diese Aufschlüsse.

„Zu weit rechts, meinst du?... Mir kommt es jetzt auch fast so vor... So lang kann der Graben gar nicht sein... Schlängeln wir uns also nach vorn!... Irgendwo hat der Zimmermann schon das Loch gelassen..."

Ein Maschinengewehr keckerte los und striemte die Nacht blutig rot. Das Aufblitzen der Schüsse war deutlich zu sehen.

Nützel verfolgte die Feuerspur.

„Jetzt kenn ich mich wieder aus, Korporal!... Das Gewehr ist auf unserm alten Stand eingebaut... Gleich daneben war der Graben aus... Bis zum nächsten Graben war damals eine hübsche Lücke... Wir stoßen mit der Nase drauf, wenn wir gradeaus gehen..."

Der Fall war damit zunächst geklärt. Sie hielten gerade Richtung und kamen auch bald ans Drahtverhau.

Das Verhau war breit und tief und zwang zu neuem Ausweichen nach rechts. Endlich kamen sie an die Lücke, von der Nützel gesprochen hatte.

Was aber war das?

Durch die Nacht klang Klirren und Klappern, Knirschen und ein dumpfes Poltern, wie es entsteht, wenn Erdschollen aufgeworfen werden.

Beiden verschlug es den Atem.

In nächster Nähe wurde hier geschanzt, dem Geräusch nach in der Lücke zwischen dem Drahtverhau. Wer aber schanzte dort? Eigene Leute oder die andern?

Zu sehen war vorerst nichts. Nach einiger Gewöhnung an das sonderbare Licht erspähte der Unteroffizier dann die Schanzer. Sie hatten sich schon bis zu den Knien in die Erde gewühlt und warfen die Schollen nach vorwärts aus.

Dadurch war jeder Zweifel erledigt. Die besetzte Stellung wurde verlängert, die Lücke zwischen den Gräben geschlossen.

Fünfzig Meter, schätzte der Unteroffizier, mochten es sein von dem Punkte, wo sie lagen, bis hin zu den ersten Schanzern.

Hier mussten sie durch, auf jede Gefahr hin, sonst ging die Nacht herum, und sie konnten hinter der besetzten Stellung liegenbleiben.

Langes Überlegen gab es auch nicht mehr. Jeder Spatenstich verengerte das Loch und damit die Aussicht, durchzuschlüpfen.

Ohr an Ohr beriet sich der Unteroffizier mit Nützel.

„Wir müssen durch, Nützel!... Oder sie schnappen uns, wenn die Nacht um ist!... Aber gehn muss es wie der Teufel!... Wenn's mich erwischen sollte, kümmerst du dich nichts drum... Die Kameraden warten!..."

Ein Mann vieler und tiefer Gedanken war Nützel nicht, dafür aber ein Kerl, entschlossen, flink und zäh wie nur einer. Er flüsterte zurück: „Bin dabei, Korporal!... Beim Durchgehen immer der Nase nach!... Auf keinen Fall links abkommen!... Sonst verheddern wir uns im Drahtverhau... Von mir aus kann's losgehn!"...

Erst krochen sie noch bis in die Höhe der nächtlichen Schanzer und sammelten dort ihre Kraft für den Sprung auf Leben und Tod.

Der Mann, der am nächsten in der Arbeitskette beim Drahtverhau grub, traute wohl seinen Augen nicht. Sah er denn auch richtig?

Zwei Schatten schnellten durch die klare Nacht.

Das Trappen schwerer Stiefel riss den Mann aus seiner Verwunderung.

„Stopp!... Stopp!..."

Er warf den Spaten weg und knallte aus dem Browning zweimal hinter den Schatten drein.

Der Schall dieser Schüsse alarmierte die Stellungen.

Hüben wie drüben lief ein wüstes Knattern durch die Linien. Das Drahtverhau hatten Nützel und der Unteroffizier hinter sich. Nun pressten sie sich keuchend an den Boden. Alle Pulse schlugen Generalmarsch. So flach angesaugt, als es nur immer ging, stöhnten sie vor Atemnot. Blutrote Schleier wallten im Gehirn.

Das Glück stellte sich auf ihre Seite.

Durch die Revolverknallerei war die Aufmerksamkeit der deutschen Linien geweckt worden. Heftiges Gewehrfeuer kläffte auf und schlug in die Lücke neben dem Drahtverhau.

Über die Köpfe Nützels und des Unteroffiziers weg summten zornig deutsche Stahlmantelgeschosse. Sie fegten seitlich heran und zwangen die Schanzkolonne zu voller Deckung.

Eine gute Viertelstunde dauerte die Schießerei, um dann bis auf vereinzelte Schüsse aufzuhören.

Vorsichtig schob der Unteroffizier den Kopf hoch.

Sie lagen im Niemandsland, auf freiem Feld zwischen den Gräben. Im Mondlicht zeichnete sich das Drahtverhau deutlich ab. Lang liegen konnten sie hier nicht, ohne entdeckt zu werden.

Ruckweise arbeiten sie sich vor, legten auf dem Bauch fünfzig Meter zurück - und sichteten auf zehn Schritte Abstand einen Posten. Wieder der flache Stahlhelm, und das Gesicht von den beiden Schleichern abgewendet!

Der Unteroffizier griff an den Leibgurt und hakte eine Handgranate aus, was Nützel im Nu sah und nachmachte.

Noch ein Schritt, und noch einer!... Jetzt!... Aus halberhobener Stellung warf der Unteroffizier.

Im Knall des Ausschlags schon waren beide hoch und sausten in großen Sprüngen vorwärts, schnurgerade in einen Hexenkessel hinein.

Aus drei Richtungen peitschte großes und kleines Feuer den Raum. Sie waren auf einen empfindlichen Nerv der Front gestoßen.

Nützel spürte einen heftigen Schlag ans Knie, fluchte halblaut und hatte auf einmal die Empfindung, sein linkes Bein müsste aus lauter Blei bestehen.

Kriechend erreichten sie einen Trichter und tauchten darin unter.

Dieser Trichter war eine Grube voll höllischen Gestanks. Furchtbar dünstete es aus dem Krater.

Der Unteroffizier trat auf einen weichen Gegenstand. Unter dem Druck gab dieser

Gegenstand nach, und bis zur halben Wade stand der Unteroffizier in einem schleimigen Brei. Das tote Pferd!

Über dem Bemühen, den Stiefel aus dem Kadaver zu bringen, trat der Unteroffizier auf einen menschlichen Fuß. Er fühlte durch seine Stiefelsohle hindurch die Form. Da verschaffte sich der Ekel den natürlichen Ausweg.

Das Erbrechen ließ sich nicht länger halten.

Hauptsache blieb: Sie waren durch und aus dem Feuerbereich. Das war die Opferung des Mageninhalts schon wert. Groß war der Verlust ohnehin nicht.

Nützel schimpfte, was ihm nur von der Seele ging.

„Verdammte Sauerei!... Grad ins linke Knie!... Hätt' der Simpel nicht eine Handbreit tiefer halten können?... Dann wär's durch die Waden, und ich wär fein heraus..."

Der Schuss hatte Nützel die linke Kniescheibe zertrümmert. Nützel saß neben dem Unteroffizier und schlitzte sich Hose und Stiefelschaft auf.

„Mit dem Weiterlaufen ist es Essig, Korporal!... Das Bein kommt mir so belzig vor wie ein Rettich im August... Und ich glaub gar, den Schuss hat mir einer von den Unsrigen aufgebrannt ... Solche Rindviecher gibt's im vierten Kriegsjahr noch...

Murrend und wetternd klaubte Nützel sein Verbandpäckchen hervor. Der Unteroffizier nahm seins noch dazu und schlang einen festen Verband um das zerschmetterte Knie. Bei dieser Arbeit wischte er sich beiläufig den Schweiß aus dem Gesicht und merkte Blut an der rechten Hand. Bisher hatte er den leichten Streifschuss am Hals gar nicht gespürt.

Das Geschiesse lief noch in nervösen Zuckungen durch die Nacht, beruhigte sich aber dann allmählich.

Unteroffizier Schmalz zog die Großvateruhr heraus und hielt sie dicht an die Augen.

Nicht möglich!... Vier Stunden waren sie schon unterwegs?... Es ging auf zwei Uhr, was auch nach dem Stand der Sterne zutreffen konnte. Da war es höchste Zeit zum

Aufbruch. Im Bunker zählten sie gewiss jede Minute.

Nützel schien diese Gedanken zu erraten.

„Mach nur allein vorwärts, Korporal!... Weit kann es jetzt nicht mehr sein... Ich bleib da im Trichter hocken und wart ab, bis sie mich holen... Du denkst doch an mich, Korporal?... Und sag dem Pflasterkasten, dass ich was zu saufen möchte!... Nicht zu knapp auch noch!... Ein Eimer voll ist mir lieber als ein Fingerhut voll..."

Ein unverwüstlicher Kerl, dieser Nützel! Der Unteroffizier schüttelte ihm die Hand.

„Verlass dich drauf, Nützel!... Ich schick den ersten her, der mir in den Wurf kommt... Ich schätze, wir sind dicht bei der Artillerie-schutzstellung... Da kann's an Sanitäter nicht fehlen... Und wo Sanitäter sind, da ist auch der Schnaps nicht weit..."

Ein harter Händedruck noch, ein gegenseitiges Beklopfen der Schultern, und der Unteroffizier war aus dem Trichter verschwunden. Nützel streckte sich auf die Böschung zurück und versuchte zu schlafen.

Während er geduckt hinschlich und sich bei jedem Geräusch platt auf den Bauch warf, holte der Unteroffizier das Kartenbild der Stellungen aus dem Gedächtnis. Neben diesem Bild stand hartnäckig Leutnant Göbels schmales, beherrschtes Gesicht. Wie sah es im Bunker 17 aus? War der Bunker überhaupt noch da?

Nach halbstündiger Kriecherei verfing sich Schmalz in einem Stolperdraht. Er wusste Bescheid.

Die Artillerieschutzstellung des Abschnitts zog sich über eine leicht ansteigende Sanddüne. Hier war es möglich, Stollen und Fuchslöcher anzulegen, die besseren Schutz boten als die mit Sandsäcken und Flechtwerk aufgehöhten Unterstände des Geländes im Grund.

Gleich im ersten Unterstand traf Schmalz auf einen Sanitätsposten. Er beschrieb dem Krankenträger genau den Weg zum Trichter des toten Pferdes und band ihm Nützels Durst besonders auf die Seele. Der wackere Mann verwunderte sich erst ausgiebig über die geschilderte Sachlage und tat alsdann einen tiefen Zug aus der Feldflasche. Nützel durfte sicher sein, bei diesem Helfer Verständnis zu finden, wenn es ums Trinken ging.

Nachdem er den Kameraden versorgt glauben durfte, hielt sich der Unteroffizier nicht mehr länger auf.

Durch einen direkten Graben war die Artillerieschutzstellung mit dem Befehlsbunker des Kampfabschnittes verbunden. Trotzdem war es ein ekelhafter Weg, der zum größten Teil aus Löchern bestand und ausgiebig befunkt wurde.

Eine gut bemessene Stunde brauchte der Unteroffizier, bis er sich durch den Verbindungsgraben gewürgt hatte. Im Befehlsunterstand summte es wie in einem Bienenkorb. Vor dem Eingang drängten sich die Meldegänger. Jeder hielt seinen Auftrag für den wichtigsten. Unablässig quäkte das Feldtelefon. Davor saß ein schwarzhaariger Hüne von Hauptmann und kaute den Zigarrenstummel. Dieser Hauptmann war ein

Musterbild von Ruhe. Den Bügel des Fernsprechers überm Kopf schrieb er rasend schnell in einen Notizblock und schob dabei den ausgelaugten Rest der Zigarre von Mundwinkel zu Mundwinkel. Ohne auch nur einen Augenblick lang die verschiedenen Tätigkeiten des Horchens und Schreibens zu unterbrechen, las er zwischenhinein auch noch die zugereichten Meldungen.

Als er den Bericht des Leutnants Göbel über den Zustand des Bunkers 17 überflogen hatte, nahm der Hauptmann den Fernsprechbügel ab. Er nuckelte unentwegt weiter an seinem Stummel und zuckte leicht mit den Achseln.

„Vor abends ist da nichts zu machen, Unteroffizier!... Ist es wirklich so schlimm da vorn?..."

Unteroffizier Schmalz beschrieb in knappen Worten, was über die Lage im Bunker 17 zu sagen war. Er vergaß nicht, auf die Verwundung des Leutnants hinzuweisen.

Der riesige Hauptmann lauschte unbewegten Gesichtes.

„Schlimme Geschichte das, wie es scheint!...
Aber vor Dunkel werden ist nichts zu wollen...
So lange müssen sie vorn im Bunker noch
aushalten... Sie bleiben in meiner Nähe,
Unteroffizier! Im Unterstand nebenan wird
noch Platz sein..."

Schmalz schlug die Hacken zusammen.

„Befehl, Herr Hauptmann!... Im Unterstand
nebenan!..."

In diesem Unterstand war Platz. Außerdem
fand Schmalz gute Bekannte unter den
Kameraden. Erst trank er sich einmal richtig
satt.

Gleiches tat um diese Zeit Nützel. Sie hatten
ihn glücklich vor Tageshelle hereingebracht.
Jetzt saß er auf der Pritsche im
Sanitätsunterstand und probierte eben die
sechste Sorte Schnaps.

Die Probe fiel für Nützel und für den Schnaps
günstig aus.

8. Kapitel
Verschüttet!... Das Licht erstickt

Nachmittags 2 Uhr 11 traf ein schwerer Flachschuss den Bunker 17 und drückte ihn halb um.

Der Schuss schlug unmittelbar vor dem Bunker ein und bohrte sich unter das Fundament. Den Betonklotz selbst ließ er unversehrt, doch die Kraft der Sprengung und des Luftdrucks waren stark genug, den Unterstand auf einer Seite absacken zu lassen.

Ein schmetterndes Brüllen hallte im Bunker, und noch bevor dieses Brüllen ausgetobt hatte, wälzten sich Menschen und Dinge in tollem Durcheinander. Ein Wirrwarr von Köpfen, Armen, Füßen und Gerätschaften war die Folge des Einschlags. Pritschen, Munitionskästen und Gewehrauflage standen Kopf.

Es dauerte einige Zeit, bis der Knäuel entwirrt war. Verletzungen gab es nicht; nur der

Freiwillige hatte ein Loch im Kopf, verursacht durch den harten Beton.

Leutnant Göbel kam aus der Ecke gekrochen, wohin er gerollt war, und unter ihm rappelte sich der lange Kanadier vor. Das Gesicht des Leutnants wies einen Schimmer von Blässe, aber die Stimme klang fest und beherrscht wie immer.

„Alles antreten!... Ruhig Blut jetzt, Leute!... Ihr seht, der Unterstand ist noch ganz!"

Das war richtig.

Aber Scharf, der den Gewehrstand untersucht hatte, meldete, das Maschinengewehr sei gefechtsunfähig, weil halb im Dreck begraben.

Viel ernster war, was der Sanitätsgefreite Hiesinger brachte.

„Herr Leutnant!... Der Eingang ist verschüttet!..."

Die Nachschau ergab, dass der Eingang im Boden versunken war. Die Neigung des Bunkers war nach rückwärts erfolgt.

Einer schaute den andern stumm an. Lähmendes Schweigen herrschte im Unterstand.

Leutnant Gäbe! sog an der Unterlippe und betrachtete seine Stiefelspitzen.

„Immer Kopf hoch, Leute!... Noch ist nichts verloren... Der Eingang muss freigemacht werden... Alles hilft da zusammen! ... Scharf und Biegler graben rechts, der Gefreite und der Mann aus Kanada links von der Stelle, wo der Eingang zu vermuten ist... Alle halben Stunden wird abgelöst..."

Bunker 17 zählte nach dem Abgang des Unteroffiziers und Nützels noch sieben Mann Besatzung und den Kanadier. Außer den schon genannten Leuten die drei Mann Zuwachs vom Morgen, darunter den Verwundeten! An der hinteren Betonwand lehnte, den rechten Arm weit vom Körper ab, der Tote.

Neben dem Toten scharrten und schaufelten sie. Der Kanadier entwickelte dabei einen Eifer und ein Geschick, dass bald alle andern hinter ihm zurückblieben. Mit Schaufel und Spaten wusste der Mann glänzend Bescheid. Nur selten wurde das eintönige Knirschen und Klirren durch ein Wort belebt.

Hiesinger blieb auch in dieser bedenklichen Lage er selbst. Beifällig schätzte er die Arbeit seines Mitgräbers aus Kanada ab und äußerte sich, weil mit dem Khakimenschen selbst nicht zu reden war, darüber zu Scharf.

„Der hat's heraus!... Musste wohl viel mit Pickel und Schaufel hantieren, weil's ihm so von der Hand geht?... Ich denke: Es wird ein Farmer sein oder sowas..."

Scharf nickte nur gleichgültig zu diesen Erwägungen.

Die klebrige Hitze im Bunker wurde immer unerträglicher. Schweigsam ging das dürre Gespenst des Durstes um.

Dreimal hatten sie beim Graben schon abgelöst, aber der Bun-kereingang blieb von der Erde verschluckt und war nicht freizulegen.

Erschöpft richtete sich der Sanitätsgefreite auf und rieb das schmerzende Kreuz. Beim

Abwischen des Spatens bemerkte er, dass die daran haftende Erde sehr feucht war.

Wütend grub er weiter und nahm von Zeit zu Zeit eine Probe des Erdreichs auf, die er dann kühl und nass in der Hand spürte. Er schrie nach einer Kerze und leuchtete das gegrabene Loch aus.

Ein mattes, graues Auge blinkte auf der Sohle. Grundwasser! Tropfen für Tropfen quoll es herauf und sickerte von den Wänden bei.

Hiesinger quälte sich aus dem Loch heraus und ging zum Leutnant hin.

„Wir haben Grundwasser, Herr Leutnant!... An der Stelle weiter zu buddeln, ist wohl für die Katz..."

Die Nachricht brachte den Bunker in Aufstand.

Wasser!

Nur ein Wort für den, der Wasser nie entbehrt hat, aber ein Wunder für diese seit Stunden vom Durst gequälten Leute, eine Gnade des Lebens, voll von Verheißung, Lockung, Trost!

Leutnant Göbel begriff die Stimmung.

„Wir haben Glück, Leute!... Oder ist es kein Glück, auf einmal Wasser zu finden?... Grabt vorsichtig weiter und passt auf, dass nicht zu viel Dreck nachrutscht!..."

Der Leutnant wusste gut, dass hinter diesem Glück ein Verhängnis drohte. Zeigte das Auftreten von Grundwasser doch, dass an dieser Stelle die Aussicht auf einen Weg ins Freie versperrt war.

Vier Trinkbecher, gefüllt mit einer trüben Brühe: Das war die Ausbeute stundenlangen Grabens.

Hiesinger als dem Entdecker wurde die Ehre des Wirtes belassen. Er bot zuerst dem Leutnant an, der auch die auf jeden treffende Portion - jedermann ein halber Becher! - trank. Dann goss der Sanitäter dem Verwundeten mehr als die Gebührnis ein und begnügte sich selbst mit dem kleineren Rest.

Der Mann aus Kanada wurde nicht vergessen. Er nahm den Becher, legte aber vorher erst eine Hand an einen gar nicht vorhandenen Helm und schlürfte dann die Brühe grinsend aus.

Die paar Tropfen schmutzigen Grundwassers weckten alle Geister der Hoffnung. Eine Welle von Behagen und Lebensmut ging durch den halb umgestürzten Betonblock.

Der Sanitätsgefreite Hiesinger erwog bereits die Möglichkeiten der Ablösung und legte sie den Kameraden auseinander.

„Der Korporal ist durch!... Mir sagt das mein kleiner Finger ... Und ist er durch, dann holt er uns hier aus dem Schlamassel... Das ist so sicher wie das Amen in der Kirche... Unser Korporal lässt da keine Ruh... Er rennt bis zum A.O.K., wenn's sein muss."

Scharf trat diesem Vertrauen zum Unteroffizier Schmalz bedingungslos überzeugt bei.

Hiesinger fuhr fort.

„In vier Stunden wird es Nacht... Passiert bis dahin nichts mehr, dann haben wir gewonnen... Sicher hockt der Korporal wie auf Nadeln... Da kenn ich ihn gut genug... Wenn er's machen könnte, wär's heute überhaupt nicht Tag geworden... So ist er schon..."

Der dieses schlichte Lied der Kameradschaft sang, war kein Prophet und auch nicht mehr Dichter, als das jeder Mensch von Natur aus ist. Es war ein harter, nervenloser, halbverhungerter Grabensoldat. Doch sein Herz sah richtig...

Einen halben Gewehrschuss zurück, schritt Unteroffizier Schmalz im Unterstand auf und ab. Alle naselang musste er sich überzeugen, dass es noch immer heller Nachmittag war. Er zerbiss die Pfeifenspitze vor Ungeduld.

Die Bunkerleute konnten diese Ungeduld nicht mit Augen sehen, aber etwas von dieser Ungeduld sprang auf sie über.

Hiesinger zog die Finger aus, dass sie vernehmlich knackten.

„Wenn's nur dunkel werden wollt!... Eher kann der Korporal nicht kommen... Ich rechne: So um neun Uhr, zehn Uhr werden sie da sein... Dann haben sie allerdings noch drei oder vier Stunden zu buddeln..."

Leutnant Göbel nickte dem Gefreiten aufmunternd zu.

„Wenn sie erst beim Ausgraben sind, haben wir es überstanden... Wir graben ihnen entgegen... Dann geht's nochmal so schnell."

Alle versicherten, graben zu wollen wie noch nie zuvor.

Kurz nach vier Uhr nachmittags keilte ein zweiter Schuss den Bunker 17 vollends in den Boden.

Dieser Schuss war seitwärts gekommen und gab dem Unterstand eine Drehung. Sehschlitz und Schussloch waren nun auch verschüttet.

Acht Menschen steckten in der Erde wie in einer Taucherglocke, nur dass oben am Tag keine Pumpe Luft zuführte.

Eine leise Hoffnung, der zweite Treffer könnte den Bunkereingang freigelegt haben, wurde schnell begraben.

Der Betonklotz war wie verlötet. Zwei Kerzen brannten trüb und ganz steil und bewegten die Flammen nur, wenn ein Atemhauch sie traf.

Grauer Schweiß klebte auf jeder Stirn. Entsetzen und aufspringender Irrsinn glomm in manchem Auge.

Über die Lage brauchte es kein Wort mehr. Jeder begriff das Ende.

Eng drängten alle um die Pritsche und stierten aneinander vorbei. Für einen Mann wäre noch Aussicht auf Rettung gewesen. Für acht Menschen gab es keine solche Aussicht. Einer nahm dem anderen die Luft weg, eine dicke, verbrauchte Luft, die auf Brust und Kopf drückte, als wäre sie aus Beton. Sie mordeten sich umschichtig. Sie fühlten es auch und hatten nur die Kraft nicht mehr, ihrem Hass besinnungslos zu folgen.

Bei Scharf brach zuerst der Irrsinn aus.

Mit einem Wolfsheulen sprang er los, griff einen Spaten und hämmerte auf die Betonwand ein. Der Spaten zersplitterte.

aber der Mann schlug mit Fäusten und Füßen weiter. Schaum tropfte ihm vom Mund, und schrecklich klang der röchelnde Aufschrei: „Raus da!... Raus da...!"

Scharf trommelte gegen die graue, unbarmherzige Wand, dass Blut von den Fäusten spritzte. Zuletzt rannte er mit dem Kopf dagegen an. Blutüberströmt brach er zusammen und blieb regungslos auf dem Gesicht liegen.

Da packte es auch schon den nächsten. Es war der scharfzüngige Widerpart Hiesingers. Sein Anfall dauerte nur kurz. Er hatte nicht die robuste Verfassung von Scharf.

Die Luft wurde dick und sulzig. Sie atmete sich wie Schlamm. Tiefer und tiefer sanken die Köpfe. Nur noch mühsam hielten sie die Augen offen.

Der Freiwillige Biegler lehnte sitzend an einem leeren Munitionskasten. Seine Märchenaugen staunten blau und groß in den spärlichen Kerzenschimmer.

Was diese Augen sahen?

Ein kleines Haus der Vorstadt... Fuchsien und Geranien an den Fenstern... Eine freundlich lächelnde mütterliche Frau ging eben aus der Tür... Wie alt war die Mutter wohl?... Sie musste wohl immer gelebt haben und in alle

Ewigkeit leben... Oben im Dach sein Malzimmer... Die Staffelei... Der Pinseltopf... Die braunen Holzrahmen...

Bilder dieses einfachen, glücklichen Lebens umstanden den sterbenden Maler; sie gaukelten vor ihm her und führten ihn hinaus aus der grauen Ode des zum Sarg gewordenen Bunkers.

Leise bewegten sich Bieglers Lippen.

„Und ob ich schon wanderte... im finsteren Tal... fürchte ich kein Unglück... Denn du bist bei mir... Dein Stecken und Stab... trösten mich..."

Neben dem Freiwilligen, einen Arm um Bieglers Schulter gelegt, atmete stosshaft der lange Kanadier. Er wiegte den Kopf hin und her, und durch das schwere Röcheln drangen seltsam fremde und doch vertraute Worte.

Der Kanadier sang ein Lied seiner fernen, mächtigen Heimat; er summte es mit rauher, brüchiger Stimme, und Biegler, an des Kanadiers Schulter gelehnt, hörte die Worte wie aus einem tiefen Traum kommen.

In unserm Dorf - flieg mein Herz, flieg!- in unserm Dorf wohnten zwei Schwestern.

Braun war die eine - flieg, mein Herz, flieg! - braun war die eine, blond die andere Schwester

Die Worte klangen leiser und verloren sich in Murmeln und Schluchzen.

Endlos weite Felder, ein Dorf mit braunen Hütten, unergründlicher Wald traten dem jungen Maler vor das Gesicht, und stumm versank seine schwindende Seele in diesem Bild mit der Seele des andern...

Draußen war es schon dunkel, und in diesem Dunkel tobte ein wilder Kampf um die verlorene Trichterlinie. Der deutsche Gegenstoß kam so heftig und unerwartet, dass er in weniger als einer Viertelstunde bereits über die alte Stellung vorgeprallt war.

Unter den ersten Stoßtrupps ging Unteroffizier Schmalz vor. Er hatte den ganzen Nachmittag über gefiebert vor Ungeduld und war jetzt wie in einem schweren Rausch. Mit drei Pionieren suchte er den verschwundenen Bunker.

Leutnant Göbel ahnte nicht, dass nur zwanzig Schritte von ihm entfernt die Rettung kam. Der Unteroffizier folgte dem zerstörten Laufgraben und war jetzt sicher, bei jedem nächsten Schritt den Unterstand finden zu müssen.

Qualvoll den Mund verzerrt, lag der Leutnant vor der Pritsche. Neben ihm baumelten zwei lange Beine. Er wusste nicht mehr, dass es die Beine des Sanitätsgefreiten waren.

Messer wühlten in seinen Lungen. Jedes Atemholen war ein Dolchstich.

Feurige Lichter tanzten in seinem Hirn und lockten ihn zurück in Vergangenes.

War es gestern gewesen, dass er mit dem Regiment auszog?

Dort stand doch Klara, die Braut, und winkte ihm?

Nein!... Klara war es nicht. Der liebste Freund war es, gefallen an einem schönen Maitag auf einem der Hänge vor Arras...

Draußen hatte der Unteroffizier den umgestürzten Bunker gefunden. Wortlos starrte er auf die glatte, graue Betonwand, die seinen Blick stumpf und grausam aushielt...

Trüb brannte drinnen die letzte Kerze. Sie war noch halb erhalten, aber ihr Licht erstickte langsam, wie die Menschen erstickt waren, deren Todeskampf sie beleuchtet hatte.

Leutnant Göbel rang mit letzter Kraft um den elenden Rest von Luft, der noch zu atmen war in dem erstickenden Sumpf von Dunst und Brodem. Er sah die Kerzenflamme um ihr dämmerndes Leben kämpfen.

Ehe das verlorene Licht ganz erlosch und ihm selbst die Sinne schwanden, zog der Leutnant seine Pistole. Ihm schien, als hätte er eine Zentnerlast von Stahl an die Schläfe zu heben.

Ein Schuss krachte... Ein schmächtiger Leib sank über die hölzernen Bretter der Pritsche.

Der Todesschuss des Leutnants Göbel auf sich selbst war das letzte Lebenszeichen des Bunkers 17.

Weitere Bücher von Alexander Kronenheim:

Die Schlacht bei Fehrbellin

ISBN: 9783734784859

Historischer Roman um den Werdegang eines jungen Mannes aus der Zeit Friedrich Wilhelms (der Große Kurfürst) von seiner Einberufung bis zur Teilnahme an der Entscheidungsschlacht bei Fehrbellin.

Auszug:

Die Zündschnüre waren an die Pulverfässchen gelegt und angezündet, die Flämmchen fraßen sich knisternd die Fäden entlang.

„An die Pferde!" Im Laufschritt liefen die Dragoner an ihre im Schuh eines der kleinen Anwesen stehenden Gäule. Im Galopp ging es auf der Hakenberger Straße dahin; der erste und zweite Zug unter dem Rittmeister der Schwadron schlossen sich an.

„Wir wollen die Belegung von Hakenberg und Linum feststellen", sagte Oberstleutnant Henning. „Führe uns möglichst gegen Sicht gedeckt."

„Jawohl!" erwiderte Jörg.

In diesem Augenblick ertönte ein furchtbarer Knall, gleich darauf ein zweiter, noch schwererer. Eine grelle Stichflamme schlug jäh über dem

Rhin hoch! Es war gelungen. Ein zufriedenes Lächeln spielte über die ernsten, strengen Züge des Oberstleutnants Henning.

Die Schwadron bog jetzt von der Straße ab; dicht am Rande des Rhinluches führte sie Jörg im Schutze dichter Rohrwälder hin.

Bald kam Hakenberg in Sicht. Eine rechts herausgegebene Streife unter dem zum Korporal beförderten Wiese stellte einen großen Geschützpark dort fest, der vor dem Dorf auf einem Kleeschlag aufgefahren war.

Weiter im scharfen Trab. Linum tauchte vor den Reitern auf. Der Oberstleutnant vermutete hier die Hauptstellung des Feindes. Der dritte Zug unter Wachtmeister Freese wurde zur Erkundung abgeordnet.

Der Dämon

ISBN: 9783734754241

Dies ist die Geschichte über die fantastischen Abenteuer dreier Ritterssöhne, welche sich von einem in den Burgturm gebannten Dämon Wünsche erfüllen lassen, die allerdings stets mit einem bösen Flucht belegt sind.

Auszug:

176

„Warte!" rief Wolfram, wenn Du nicht freiwillig davon gehen willst, so werde ich dich zwingen."

Und ohne auf die Flammen und erstickenden Dämpfe zu achten, stürzte er auf den Drachen los, und in furchtbaren Hieben rasselte sein Schwert auf den Schuppenpanzer desselben nieder. Der Drache stöhnte und brüllte, aber das Schwert Wolframs prallte machtlos an dem undurchdringlichen Panzer des Untiers zurück. Er verdoppelte seine Hiebe und kämpfte mit der äußersten Anstrengung, aber immer mit dem gleichen unglücklichen Erfolg.

Der Drache drängte ihn mehr und mehr zurück, die sengende Glut, die seinem Rachen entströmte, lähmte seine Kraft, und letztendlich zersplitterte sogar sein Schwert bei einem gewaltigen Hieb, den er auf den Nacken des Tiers führte, in tausend Stücke.

Nun stand er wehrlos da, und sah sich schon als Verlierer des Kampfes. Der Drache stieß ein triumphierendes Geheul aus, und schaute seinen entwaffneten Feind mit boshaft tückischem Blick an.

Nephoris – Tochter des Cheops

ISBN: 9783734787553

177

Historischer Roman, welcher zur Zeit des alten Ägyptens spielt. Nephoris, die Tochter des Cheops, soll mit dem König der Nubier zwangsverheiratet werden.

Nephoris lehnt diese Heirat jedoch ab, da sie sich bereits in einen armen Fischer verliebt hat, welcher dafür von Cheops zum Tod verurteilt wurde. Nephoris riskiert alles, um ihre Liebe zu retten…

Auszug:

„Schweig, Weib!" rief der Prinz aus, dessen Zorn seine Augen gelb und sein Gesicht bleich färbt. „Schweig, oder ich werde Dich grausam treffen, indem ich Miri, Deine Schwester vor Deinen Augen martern lassen werde."

„Meine Schwester gleicht dem Wasser des Lebens, das die geheiligten Myrten benetzt; nichts kann sie trüben."

„Nun gut, Soldaten, bemächtigt Euch ihrer. Entkleidet sie; Ihr werdet sie mit schmalen Lederriemen peitschen, bis mich Nephoris um Gnade bittet."

In diesem Augenblick dringt ein Lieutenant Mazaits im vollsten Lauf in den Saal.

„Herr, Herr!" ruft er aus, „Wir bedürfen Deines Armes."

„Bei Diboun, was geht denn vor ?" fragte der nubische Feldherr. „Habt Ihr denn noch nicht alle Einwohner von Memphis umgebracht, die es wagen. Widerstand zu leisten?"

Rom im Untergang Band 1: Eine neue Macht

Historischer Roman zur Zeit Marc Aurels, geschildert aus römischer Sicht und durch die Augen eines germanischen Präfekten. In spannender Weise werden die aufkeimenden Konflikte mit neuen Mächten beschrieben, welche als Auslöser des Untergangs von Roms zu sehen sind. Auszug:

ISBN: 9783734787911

Vom Flaminischen Tor her kamen zwei Krieger des Weges, mit Soldatenstiefeln und dunklen groben Kappenmänteln, wie solche die bei den in den nördlichen Provinzen liegenden Legionen in Gebrauch waren. Obwohl sie der Armee der die Welt beherrschenden Stadt angehörten, war das heiße Italien doch offenbar nicht ihre Heimat. Üppiges blondes Haar fiel ihnen In goldigem Glanz über den breiten Nacken, und den Melieren schmückte ein dichter Bart; die Sonne hatte ihre Gesichter gebräunt, und der Staub einer langen Reise bedeckte Helme und Mäntel. Von riesenhaftem Wuchs, überragten sie das gewöhnliche römische Volk um einen ganzen Kopf. Sie gingen langsam einher in schwankendem Gang, wie er Reitern eigen ist, schauten aber aufmerksam um sich. Als sie mit dem Zug zusammenstießen, wichen sie bis an den Fußsteig aus, verließen jedoch nicht die Mittelbahn. Einem der Klienten missfiel das, denn er schrie: „Zur Seite, ihr germanischen Hunde!"

Und als diese Aufforderung erfolglos blieb, sprang er hinzu und fasste den jüngeren Krieger am Mantel. „Siehst du denn nicht, wer da kommt?!" Der Germane runzelte die Stirn, wies mit dem Daumen zum Angreifer und sprach zu seinem älteren Begleiter hinter ihm nur das eine Wort:

„Hermann!" In seinem Ton lag ein Befehl. Der bärtige Krieger verstand ihn, denn er packte den Schreier und stieß ihn so heftig zurück, dass der römische Bürger mit seinem Schädel das Straßenpflaster berührte.

179

Sofort wurden die beiden Germanen unter Geschrei und heftigen Gebärden umringt.

„Barbaren!"

„Überfallen römische Bürger!"

„Nehmt sie fest!"

So schlug es ihnen entgegen. Und wirklich erschienen Stadtdiener, von denen einer fragte: „Welcher Legion gehört ihr an?" Anstatt zur antworten warf der jüngere Germane seinen Mantel zurück. Ein Silberpanzer wurde sichtbar; um seinen Hals hing eine goldene Kette als Belohnung der Tapferkeit; über seine Hüften war ein farbiges Band geschlungen, das Abzeichen eines hohen Offiziers. „Platz für den Präfekten der Legionen des göttlichen Imperators!" riefen nun die Stadtdiener und senkten ihre in Rutenbündeln steckenden Beile vor dem Barbaren, den sie an seinen Abzeichen als einen ihrer hochstehenden Offiziere erkannten.

Weitere Bücher aus der Reihe: ‚**Rom im Untergang**'

Band 2: Kampf in Germanien ISBN: 9783734787928

Band 3: Die Rückkehr der Götter ISBN: 9783734745560

Band 4: Entscheidungsschlacht am Frigidus ISBN: 9783734791222

Band 5: Aetius – Roms letzter Adler ISBN: 9783738635034

Band 6: Aetius - Attilas Zorn ISBN: 9783738635874

Band 7: Aetius - Die Zerstörung Aquileias ISBN: 9783738635904